精彩故事36

清官的故事

吴建国　编著

四川出版集团

天地出版社

图书在版编目（CIP）数据

清官的故事/吴建国编著.—3 版.—成都：天地出版
社，2012.7（2015.4 重印）
（精彩故事 360）
ISBN 978-7-5455-0721-8

Ⅰ.①清… Ⅱ.①吴… Ⅲ.①儿童故事–作品集
–世界 Ⅳ.①I18

中国版本图书馆 CIP 数据核字（2012）第 143272 号

QINGGUAN DE GUSHI

清官的故事

吴建国　编著

天　地　无　极　🌀　世　界　有　我

出 品 人	罗文琦
责任编辑	漆秋香
封面设计	毕 生 武 韵
内文设计	华彩文化
责任印制	田东洋

出版发行　四川出版集团·天地出版社
　　　　　　（成都市三洞桥路 12 号　邮政编码：610031）
网　　址　http://www.tiandiph.com
　　　　　http://www.天地出版社.com
电子邮箱　tiandicbs@vip.163.com
印　　刷　北京旺鹏印刷有限公司
版　　次　2012 年 6 月第三版
印　　次　2015 年 4 月第二次印刷
成品尺寸　850mm×1168mm　1/32
印　　张　5.875
字　　数　126 千
定　　价　12.00 元
书　　号　ISBN 978-7-5455-0721-8

内容简介

清正兼明，是劳动人民对政治的一种希望。

可是，世事纷纭，光怪陆离，做一个清官并不容易，在封建社会做一个清官则更不容易！

本书以冷峭的语言，生动的情节，刻划出了几个血肉非满的清官形象。

历史上著名的政治家韩延寿、狄仁杰、耶律楚材，他们为民请命，敢捋龙须；他们尊重事实，依法断案；他们爱民如子，清正廉明……他们功高日月，光耀千秋，然而他们都只是悲剧性的结局！

《清官的故事》以传记文学的笔法写出四个清官的事迹，不仅具有知识性、趣味性，而且能帮助我们悟出一些人生的真谛，在人生路上时时想想这些历史人物的业绩，或许会对我们有所裨益的。

目 录

"良臣"和"青天"的悲剧
——韩延寿的故事

在刑场上

时值深秋,西北高原上已是寒气袭人。凛冽的寒风在黄土高原上肆虐着,把那些无叶的树木和黄黄的枯草扫得瑟瑟发抖。

这是公元前57年旧历十月的一天,从长安城到渭城的宽敞大道上,两匹高头骏马拉着一辆囚车在大队官兵的押送下缓缓地行驶。囚车前后和大道两旁挤满了成千上万的男女老少。他们无一例外地都披麻戴孝,脸上的表情也和这天的天气一样阴沉。哭声、喊声响成一片。

"韩大人，真冤枉啊！"

"苍天哪，为什么要害死这样的好人啊！"

"让我们替韩大人死吧。"

......

人们争先恐后地往囚车跟前挤，都想多看这位大名鼎鼎的父母官一眼。囚车几乎已无法通行。押送的官兵大声吆喝，挥舞鞭子，累得满头大汗，却怎么也驱不散围拢过来的人群。只好让囚车被人群簇拥着，一步一步慢慢地往前挪动着。

中午，这支浩浩荡荡的人马才来到渭城南门外的广场。这里是法场，朝廷斩杀犯人，都在这里进行。今天要杀的，就是用囚车从长安押来的，受到万民拥戴的犯人。

广场中央，早已搭好一座台子。囚车刚到广场，就见有几个监斩官员在士兵们的严密保护下走上台子。他们衣着华丽，大腹便便，而脸上却都有一种难以掩饰的不安表情。他们在台上凑在一起，互相嘀咕了一阵后，其中一个脸上堆满横肉的人走到台前，高声宣布："带犯官前来，跪接圣旨！"

几个长得五大三粗的士兵打开囚车的门，从车上拉出一个戴着木枷和脚镣的犯人。一个士兵用钥匙打开枷锁，取下木枷，以便让犯人接旨时叩头。

犯人身材瘦削，面容憔悴，头发已经斑白，看上去有五十多岁。面对死神，他毫无畏惧之色，拖着沉重的铁镣，艰难地向台前走去。看到广场上黑压压的一片人群，听着人们凄惨哀怨的哭声，他的脸上露出了坦然的微笑。他艰难地走到了台子下面，用手拢了拢头发，掸了掸衣服上的灰尘，然后从容不迫地跪下，说道："犯官韩延寿，恭领圣旨。"

台上那个官员高声念着皇帝的诏书：

犯官韩延寿，身居长安城行政长官的要职，却辜负皇恩，欺骗君王。为官不正，生性奸诈；沽名钓誉，擅自发放公款；并且纵容习民，诽谤朝政，诬告上司。根据我大汉的法律，特下此诏令，将韩延寿斩首示众，并罢免其一切官职，没收其所有财产。钦此。

官员念完诏书，等韩延寿谢恩领旨后，又对他说："你现在还有什么话，就快讲出来。否则，时辰一到，就没机会了。"

韩延寿缓缓地站起身来，向广场上的人群拱手作揖，大声说道："各位父老乡亲，我韩延寿能由你们送上黄泉路，死也瞑目了！延寿深深感激父老乡亲的这番盛情，就是到了另一个世界里也会永志不忘的。"

韩延寿说着，声音哽咽起来。广场上的哭声更响了，四周笼罩着一种肃杀、悲切的气氛。这气氛令人窒息。

他接着又说："延寿无才无德，枉自做了朝廷的官员。却上不能为国家尽力，下不能为百姓请命。活着没有多大的意思，死了也就没有什么遗憾的。千秋功罪，自有后人评说。所以，请大家现在离开这里，回到自己的家里，不必为我伤心，更不要妨碍行刑。延寿与大家就此诀别了！"

人们哪里肯离去，反而向台前涌来。

眼看时辰快要到了，监斩官高声喊道："让犯官饮'上路酒'。"

一听到喊声，人群都朝台前蜂拥而来。许多人都捧着大碗米酒，一边哭，一边喊，一边向台子前面挤。他们都想让韩大人喝到自己敬献的酒。最后一次表达自己对他的崇敬之情。

一位白发苍苍的老人双手捧着米酒，好不容易才挤上前来。他颤颤巍巍地来到韩延寿面前，双膝跪下，把酒举过头顶，送到韩延寿的嘴边，说道："韩大人，这是我自己酿的米酒，您喝了它好上路啊！"

"感谢老翁盛情！"韩延寿接过米酒，张开嘴，一饮而尽。

接着，又有许多人端着酒来到他身边。韩延寿的酒量并不大，但在此时此刻，他不忍心让乡亲们失望。于是，他来者不拒，只要有人把米酒端到面前，他就接过碗来把酒喝干。一下子工夫接连喝了数十碗。

喝完"上路酒"，韩延寿又向监斩官要求，同三个儿子最后话别。

韩延寿的三个儿子都已长大成人，并且都在外地做官。老大韩勤、老二韩俭、小儿子韩直早已赶到法场，他们是来为父亲送行和收殓遗体的。正哭得无比伤心的时候，听说父亲要交代遗言，他们便赶紧跑到他的身边跪下，口里哭喊着："父亲啊，孩儿们来啦……"

韩延寿看着三个儿子，叹了口气说："唉！我今天这样的结局，其实是早就料到了的。你们也不必太难过了。我一生清贫，虽然官位不低，却没有给你们留下什么田产。好在你们都已经成家立业，我也可以放心地走了。望你们好好侍候你们的母亲，教育好儿女。"

"另外，我还有几句要紧的话嘱咐你们，希望你们牢牢记

4

住，就是要记住为父被杀死的教训，千万不可再去做官！官场上风云变幻，凶险万分，要保住节操，就随时可能遭祸。你们回去后要马上辞去官职，安安心心地务农为生。还要告诫后辈：凡我韩家子孙，决不再求功名！"

韩勤、韩俭、韩直一齐叩拜父亲，哭着回答："父亲放心，孩儿谨记父命，决不再做官就是了。"

午时三刻已到，监斩官在台上宣布："刽子手准备，将犯官立即斩决。"

两个生得五大三粗的刽子手走到台前，先喝了一大碗酒，然后提着鬼头刀来到韩延寿身边。

人群中有人领头喊了一声："不能杀韩大人呀！"顷刻之间，一呼百应。在一片哭喊声中人们不顾一切地围过来。士兵们拼命阻拦，台上的官员们又惊又怕，监斩官连叫："反了，反了！你们敢劫法场么?"可是人群仍像潮水一般地涌过来，士兵们的拦阻毫无作用。眼看，一场暴动就要发生。

韩延寿连忙站起身来高喊："请大家退开！否则，就是故意让我成为不忠不义的人，你们愿意这样吗? 快离开这里，我求大家了！"

人们听到他的话，只好万般无奈地带着悲愤退开了。接着，士兵们把他的三个儿子也拖开了。

一个名叫樊猛的刽子手缓缓地举起刀来，看着韩延寿说："韩大人，小人奉命送您上路，休怪小人无礼了。"

韩延寿面对屠刀，神色不改，一脸正气。樊猛心里不禁一愣。就这么一下子，他觉得举起的刀太重了。他本来是个杀人不眨眼的刽子手，操此营生也已经十几年了。刀下不知有过多少冤魂，可从来没皱过一次眉。但他还从未遇到过今天这种场面：一个被皇帝下诏要杀的犯人，竟然有成千上万的人来法场生祭他，甚至不惜冒着生命危险要救他！这位韩大人的事他不是不知道，并且也从心里敬仰、同情韩大人的遭遇。可是偏偏要由自己亲手杀死这样的好人，他内心实在不愿意。不杀吧，就是违抗圣旨，自己也会被杀死。该怎么办呢？樊猛心里一犹豫，举起的刀就再也无力往下砍了。他觉得害怕，觉得脑袋在嗡嗡直响，觉得浑身酸软。豆粒大的汗珠从他额头上冒出来，那碗壮胆的酒此刻一点儿效力也没有了。终于，"当啷"一声，鬼头刀掉落地上。

"混蛋！樊猛，你敢违抗圣旨吗？来人哪，把他拖下去。薛龙，现在看你的啦！"监斩官咆哮着。几个士兵把樊猛架走。

薛龙上台喝了两大碗酒，然后满脸通红地拿起刀，走到韩延寿身后。他把牙一咬，把眼睛一闭，"啊！"地一声怪噪，挥刀砍下！

一腔热血从断颈处狂喷而出，一颗头颅滚到地上。这头颅面部朝天，眼睛未闭，面容未改；身体依然跪着，好久没有倒下。

法场上响起一片绝望的哀号。人们呼天喊地。那声音，在法场上空久久地回响。

官员们处死韩延寿后，在士兵们的保护下，匆匆忙忙地逃离了法场。

这位被处死的"犯官"韩延寿，是西汉时期著名的清官，历史上公认的"良臣"。他生在冀州，长在长安附近的杜陵。自幼聪明好学，十八岁就成了当地有名的儒生，并取得了功

名，受到官府的注意。

当时是西汉中期。汉武帝逝世后，汉昭帝幼年即位，朝廷的实权掌握在大将军霍光的手里。霍光继续推行汉武帝制定的"独尊儒术"的国策，儒生成了官僚队伍的主要后备军。从中央到地方各级政府经常向当地的名流学者请教，征求对治国之策的意见，评价统治政策的得失。在杜陵地方官的推荐下，韩延寿进了京城长安，为霍光出谋划策，很快就显出了出众的才华，受到霍光的赏识。此后，韩延寿踏上了艰难坎坷的仕途。他先担任谏议大夫（负责向皇帝提意见、建议的官职），接着被派到淮阳、颍川和东海三地担任太守。最后他又被朝廷提升为京城的行政长官。他从政三十多年，经历了昭帝和宣帝两个皇帝统治的时期。

为什么老百姓称他为"韩青天"？为什么朝廷又说他奢侈挥霍、沽名钓誉？他为什么被朝廷斩首示众，却又有那么多的人去法场为他生祭？这话得从头说起。

直言犯上

"朝廷又换皇帝啰！"

"这肯定是霍大将军的安排。"

"那还用说？不过废去昏君，另立明君，也是我等老百姓的福气呀！"

"霍将军救了大汉，功劳可以跟周公相比了。"

"恐怕也是为了让他的小女儿当上皇后才干的吧！"

......

长安城里，人们议论纷纷。原来，一个月前，汉昭帝突然病死，大将军霍光把昌邑王刘贺立为新皇帝。谁知这昌邑王却是一个不知上进，浪荡成性的宝贝。他当了皇帝却从不升朝讨论国事，而是不知疲倦地玩女人、骑马、打猎、斗鸡。他总共只当了二十七天皇帝，却做了一千三百二十七件坏事。这样的昏君你说他能做得长久么？结果，大将军霍光召集大臣们一起开会，把这个昏君废掉了，另立了一个名叫刘病已的人做皇帝。他就是历史上的汉宣帝。

既然立了皇帝，就该有皇后才行。霍光有意将小女儿霍成君立为皇后，自己当国丈，这样自己手中的权力就会更加巩固，大臣们全都要看霍光的眼色行事，谁也不敢得罪这位自比周公和伊尹的先朝重臣。

这汉宣帝虽然出身皇室，却也当过普通老百姓，吃过苦。他有学问，也有心计，并且已有妻室，妻子许氏，出身贫寒，却很贤淑。现在他突然当了皇帝，大将军又有意送小女儿成君给自己当皇后，真是喜从天降！他心里盘算着：立了霍氏为皇后，既得到了年轻美貌、聪明伶俐的妻子，又可以让大将军死心塌地地拥护自己，这皇帝的宝座就不用担心会有别人夺去了。这样一想，他便打定主意要迎立霍氏为皇后。至于许氏，虽然是患难夫妻，但此时皇位要紧，对她就顾不得了。

一天，宣帝临朝。众位大臣分列两厢，唯有大将军霍光站在宣帝旁边。

一位大臣走到殿前跪下，双手呈上一道奏章，侍臣接过来转呈给宣帝。上面写着："陛下您当上皇帝，取代原来的昏君，

真是我大汉朝的幸运，天下臣民的福气！这也多亏了大将军霍光的功劳。现在您既然贵为天子，为一国之君，就该有位相称的皇后才对。久闻霍大将军的爱女成君，美貌贤淑，足可母仪天下。为此，我们做臣子的奏请陛下，允立霍氏为后……"

宣帝看完奏章，心里暗自高兴，但他还需要霍光表态。于是眼睛瞅着霍光说："此事关系重大，我想听听大将军的意见。"

霍光用眼神扫了扫两厢的大臣，说道："册立皇后，有关国家的荣辱兴衰，岂可草率从事！再说，小女成君恐怕也难有这种齐天的洪福。我看，各位大臣先不必急于议定此事，还是等听取了贤良文学①们的意见和民间百姓的反映后再说吧。"

霍光这样推辞是有用意的。他的用意是，要众大臣一起联名上奏，地方上的贤良文学也大唱颂歌以后，再把成君立为皇后。一来可以避免自己强迫宣帝的嫌疑，二来也可以乘机将小女儿的美貌贤淑传扬天下。因为他知道，在满朝文武大臣中是没有人敢与自己作对的。既然如此，小女儿当皇后，反正是十拿九稳的事，所以也不着急这一天两天。

宣帝见霍光不明确表态，不知道他心里是怎样打算的，自己也不敢擅自决定，就说："大将军所说的，很有道理，我也是这个意思。那就请众位大臣各自发表意见。下去以后，广泛征求贤良文学的意见，收集百姓对这件事的看法，然后再作决定。"

群臣见大将军和宣帝都是这个态度，本来想多吹捧成君几

---

① 贤良文学：汉代选官的科目和能官名称，指被选上的道德高尚并精通儒家经典的儒生。

句，一时之间却也不知道该说些什么，都愣在那里。

这时，一个小黄门送上一份报告，说："谏议大夫韩延寿请求进殿，面见皇上。"

群臣都是一惊，不知这韩延寿为了什么事，要亲自禀告宣帝。

"让他进来。"宣帝边说，边看了看霍光。霍光点了点头，表示赞同。

不一会儿，韩延寿在内侍的带领下来到殿前。他跪拜完以后，宣帝问："韩大夫有何事上奏？"

韩延寿回答说："微臣是为朝廷册立皇后之事而来。"

"哦？你有什么意见？"宣帝也吃了一惊。

"我听说朝廷要册立皇后，觉得这可不是一件小事。您经常令天下要广开言路，集思广益。所以，微臣也顾不得位卑言轻，就大着胆子给您提些意见。"

"你说吧！"

"自古以来，册立皇后的标准都是德才第一，以德为上，才艺次之，再次才是出身门第和容貌。就拿我们大汉朝来说吧，自高祖册立吕后以来，不少皇后都是平民出身。皇上您自己也曾当过平民，许氏娘娘与您患难相处，是您的贤内助。这是天下人都晓得的。何况许娘娘端庄贤淑，待人接物，无不合乎礼仪，这也没有别人可以比得上。要立皇后，就只能立许娘娘，才是顺理成章的事。否则，要另立别人，恐怕天下人会说闲话的。京城里的人已经在议论这事了，皇上您最好亲自去听听。"

一席话说得所有在场的人都不敢出声。大臣们既不敢表示

赞同，又不便公开反对，只好互相交头接耳，窃窃私语。

宣帝对韩延寿的这番话细细品味了一番，态度也逐渐由反感转为默许。因为他是从平民百姓一步登天而当了皇帝的，更加懂得江山来之不易，也是想有一番作为的。他起初想迎立霍氏为皇后，只是想借此笼络霍光。但他却没想到这件事竟然会在京城里引起这么大的反响，更没有想到会有人公开反对这件事。韩延寿讲得头头是道，句句在理。这使他不得不重新考虑这件事了。因为他不愿意把册立皇后的事闹得全国沸沸扬扬，影响自己的名声。

他想起了许氏的种种好处：在过去那些艰难困苦的日子里，是她给了自己欢乐，帮助自己消除了烦恼；在自己一筹莫展的时候，她总能想出好主意；在自己处事不当的时候，她也能及时提醒自己。而她却从不向自己索取什么，也从未表示过一丝不满。现在自己要立皇后了，却要把她撇在一边，这于情于理都说不过去呀！再说，霍氏的为人自己也并不了解。万一是个喜欢弄权的母夜叉，又有霍光这样的靠山，岂不是又要演出外戚专权，架空皇帝的悲剧吗？那对于我岂不是更加危险？

想到这里，宣帝觉得还是立许氏为后妥当些。但是自己是靠霍大将军才坐上这皇帝宝座的，朝中大权也掌握在他的手中，可不能因此得罪他呀！该怎么办呢？宣帝面露难色，只好又问霍光："大将军，你看呢？"

霍光听了韩延寿的话后，心里的气就不打一处来。他想：这个不识抬举的书呆子，全不顾当初我提拔你的恩德！不但不为我说话，反而竭力宣扬许娘娘的好处，鼓吹立许氏为后，这不是恩将仇报吗？哼！总有机会让你吃到这多嘴的苦头的。

　　不过，霍光可不是个没有心计的武夫！他既要弄权，同时又非常顾全自己的名声。武帝在位时，他就以忠君闻名于世，后来又一直忠心耿耿地辅佐小皇帝昭帝十三年，名声一直很好，民间都称他是周公再世。刚才，他一直在观察宣帝的表情，从表情的变化中看出了宣帝的心思。现在，听到宣帝问他，又要他表态，他只好仍像先前一样表现出高姿态来。因为，比起维护自己的权力和名声来，女儿做皇后的事就显得次要些了。再说也不能把宣帝当成小孩子一样来对待呀！于是回答说："韩大夫所说的话，很有道理。当然，册立皇后，臣下是应该议论的，但最后还必须由皇上自己决定。所以请皇上定夺好了，臣霍光不再过问此事。而一旦皇上决定了，做臣子的就不能再说三道四了。"

　　听霍光说完，宣帝只好宣布退朝，说改日再议此事。

　　此后几天，宣帝多方收集民间的意见。大多数有名望有学识的人都主张立许氏，终于，宣帝下了决心：立许氏为皇后。他把自己的打算告诉霍光，霍光虽不乐意，但还是表示同意。

　　又到了上朝的日子。这天，大将军霍光推说身体不舒服而不上朝。在讨论立皇后的问题上，主张立霍氏的人仍占多数。因为大臣们大都是靠霍光起家的。少数人主张立许氏。双方争论不休，一时很难有个结果。

　　正在这时，忽听宣帝说道："各位也不必为此争执操心，今天也不再讨论这件事。我另有一件事要大家办理——事情是这样的，早先我有一柄宝剑，佩在身上十分合适。它和我朝夕相伴，形影不离，一起度过了许多艰难而又值得回忆的时光。不久前我登基为帝时，忘了带它进入皇宫，而宫里宝剑虽多，

却总也找不到一柄能与之媲美的剑来。因此,我请大家快去我过去受苦的地方,找回那柄旧剑,把它佩在我身上,了却我的一桩心事……"

大臣们一听这话,就明白了宣帝的意思。于是一齐来了个一百八十度的大转弯,纷纷改奏宣帝册立许氏为皇后。

许氏终于顺理成章地当上了皇后,可是推她上皇后宝座的那个人——韩延寿,却因此得罪了大将军霍光!

长安城内的各条大街上,人们议论纷纷。

"增加庙堂音乐歌颂敬爱的武帝太应该了!他老人家的文治武功和雄才大略,古往今来有哪个皇帝比得上?"

"增加庙乐是朝廷的事,何必要下面的人讨论呢?"

"武帝虽然伟大,但也不是十全十美。否则就不会下《罪己诏》(自己认错的诏书)了。"

"你好大胆!让官府的人听见了,会被逮进去的。"

……

原来,汉宣帝新近下了一道诏书,要求为汉武帝添制庙堂祭祀用的音乐为他歌功颂德。诏书说:

孝武皇帝(即汉武帝刘彻)在位的时候,恩德施于百姓,声威远播四方。他老人家弘扬学术,尊崇礼义,使我大汉国泰民安,强盛无比。由于他老人家的雄才大略,我大汉收服了四边的蛮荒部族,开拓了广大的疆域,增设了许多郡县。这样的功德,就是古代的尧、舜二帝也无法相比。因此,我决定添制新的庙堂歌乐来歌颂他老人家的丰功伟绩。各位大臣要尽心竭力，贤良文学应贡献出自己的才华，使庙乐、庙歌能够配得上孝武皇帝的伟大和威严。

大臣们接到诏书，就忙乎起来。贤良文学们更是卖力，一个个都搜肠刮肚，字斟句酌。他们用了许多言过其实的词语，选了最庄严最优美的曲调来歌颂武帝，还唯恐不能令宣帝满意。各地的官府也纷纷大修皇室宗庙，大规模地祭祀武帝。一时间，闹得全国上下沸沸扬扬，老百姓更是深受其苦。因为，修造庙宇需要花钱，祭祀典礼更是铺张浪费。各地的官府就大肆派捐派款，老百姓的负担就可想而知了。

偏偏有个年近九旬的老头儿胆大包天，不买朝廷的账。他叫夏侯胜，是研究《尚书》出了名的大学者。他见宣帝即位不久，就又是册封皇后，又是给自己的父母、爷爷、奶奶追加谥号。现在又大肆颂扬武帝，粉饰太平，劳民伤财，心里就非常别扭。当群臣和一些读书人都在为武帝大吹大擂、迎合朝廷的时候，他就忍不住和这些人争吵起来，就是当着一些朝廷重臣的面，也决不肯收敛一点儿，依然心里想什么，嘴里就说什么。

他说："孝武皇帝的确是一位伟大的君王，文治武功都很了不起，但他也有不对的地方。他派兵征服了边疆的少数民族，开拓了疆土，增设了郡县。但是连年用兵，不顾国力的困乏，把许多人马派到西域蛮荒之地打仗，使许多家庭妻离子散。另外，他老人家奢侈挥霍，宠信方士，使迷信巫术盛行于全国。他统治的几十年中，只顾征战，不管农业生产，使得耕

地抛荒，灾祸连年。每次蝗虫群一飞来，上千里的庄稼就很快被啃吃得干干净净，可是国家照旧征收军粮，全然不顾百姓的死活。经他几十年的折腾，国力日益衰退，饿死人的事也屡见不鲜，直到现在元气尚未完全恢复。这样的皇帝对老百姓有什么恩德？给后世人又留下了什么好处？根本不应该不顾事实地胡乱歌功颂德，更不配在各地修造宗庙。"

大臣们听了他的话，胆子小的赶紧溜之大吉，以免惹祸受牵连；也有人威胁他："你这是诋毁先皇，藐视当今皇上，要诛九族的啊！"

"我说的都是事实嘛。我活了八九十岁，从未诋毁过谁，也从不敢藐视当今皇上啊。"夏侯胜理直气壮，一点儿也不害怕。

大臣们一商量，都认为他是犯了大逆不道的罪，要是知情不举的话，以后还可能连累到自己。于是也不顾他是一名朝廷看重的博学鸿儒，联名向朝廷告发了他。说他散布谣言，毁谤先皇，攻击皇上，犯了大逆不道之罪，请求皇上立即下令处死他。满朝文武以丞相魏相为首，纷纷在控告夏侯胜的奏章上签名，以表示自己对宣帝和孝武皇帝的忠心，与乱臣贼子划清界限。

这"大逆不道"是当时不能赦免的十恶之罪的首条，意思是不忠于当今皇上，谋反、叛逆。谁要是犯了这一条，不仅本人要被斩首示众，还要株连九族。也就是说，谁要是犯了这一条，就是惹了"灭门"的大祸！

宣帝接到奏章，十分生气，立即下令将夏侯胜逮捕下狱，并要求司法部门严加惩处。

15

执法的官员们就按"大逆不道"的罪名给夏侯胜定成死罪。宣帝也觉得非杀了他不足以泄心头之恨。就这样，夏侯胜被打进死牢，只等秋天过后就要问斩。但他一点也不害怕，仍在狱中钻研他的学问。

韩延寿知道此事以后，连忙上了一道奏章给宣帝，说："您即位之初就曾下诏广开言路，征求民间对朝廷的意见，可是夏侯胜老先生却因说了直话而得罪了您。您即位后还曾经宣布要大赦天下，连真正的罪犯也因此被放出牢房，可是现在却又亲自下令把一位德高望重的九旬老翁关进死牢，还要抄斩他一家老小。我不知道您现在要干什么。孝武皇帝固然伟大，但是的确也做过不少错事，就连他老人家自己也是承认的。这才有'轮台悔过'的故事，也才有七十大寿时下《罪己诏》的事呵！他老人家之所以伟大，也正在于此啊！可是现在您却要天下人不分是非地歌颂孝武皇帝，还要大兴土木，广建宗庙。这样下去，是不会受到天下百姓的拥戴的，就是孝武皇帝的在天之灵，恐怕也是不会同意的吧。"

宣帝看过奏章，对这个老爱跟自己作对的谏议大夫感到很生气。可是人家讲的句句在理，想发作也发作不出来呀！再说，自己当皇帝不就是要天下颂扬，留名青史吗？心里又想：夏侯胜这老家伙说话固然难听一些，可是既没有煽动谋反，也没有策划叛乱，离"大逆不道"毕竟还差得很远。而且，杀死这老头儿对他只不过是寿终正寝，而对于作为皇帝的自己和大汉朝廷来说，可就要留下千古骂名来。后人会说，堂堂大汉天子却容不下一个迂腐的老夫子。可是，马上释放他，宣帝又觉得太便宜他了。

不久，宣帝和丞相商议后，下令免去夏侯胜的死罪，但仍判处他"藐视朝廷"的罪名，令其在狱中悔过自新。后来，韩延寿继续为他求情，大将军霍光也认为，把这种快死的老头子关在狱中对朝廷的影响不好。两年以后，夏侯胜终于被释放出狱。两年的狱中生活，并没有改变他那快人快语的性格，并且还使他对《尚书》的研究更加深入。

韩延寿的直言劝谏，虽然使夏侯胜免于被杀，但并不能改变朝廷的原有政策。宣帝仍旧为武帝大吹大擂，朝廷为此专门制定了仪式，批准了颂词和乐曲。并且，在当年汉武帝巡游过的全国四十九个地方，都修建起巍峨庄严的祀庙。

为民做主

汉宣帝即位第三年的时候，宫里发生了一件大案子：许皇后在产后突然死去。这件事引起了朝廷上下的猜疑。许皇后本是顺产，当小公主生下来以后，只是觉得体虚乏力，这是所有产妇都不可避免的现象。几个御医共同切脉诊断后，认为没什么问题，就只是配制了一副滋补身子的药丸。可是，皇后吃了这药丸后，就直叫肚子疼，脑袋胀，不一会儿，就咽气了。宣帝非常伤心，他流着泪，亲自为皇后入殓。一面想着皇后的种种好处，一面下令立即调查皇后的死因。

几天以后，宣帝接到一份奏章，是韩延寿联合几个谏议大夫一起控告御医们的。奏章说皇后死得不明不白，连民间都对此感到怀疑了。所以请朝廷对几个有关的御医要严加审讯，务必要查明案情，为皇后雪冤，对百姓也才有个交代。还建议法医解剖皇后遗体，以便把真相查个水落石出。宣帝也认为皇后死得有些离奇，怀疑有人下毒。于是下令逮捕那几个御医，进行严刑审问。但是，他不同意将皇后验尸，认为验尸太失皇室的体面。

主管此案的官员连夜审问御医，还动用了刑具。可是，御医们都抵死不承认，说他们配的药有方可查，决不会有毒，更不可能毒死人；而且，配制药丸时大家是一起斟酌，再三商量，一起动手配成的；同时，还有宫里派的宦官在场监督，更不可能出错。他们要求把皇后用过的药碗、器皿都检验一下，以便确定皇后是被什么药毒死的。连续审问了好几天，仍然毫无结果，御医们的话也无可非议。于是，审判官把注意力集中到服侍许皇后的人的身上。经过几天调查，出事当天侍候许皇后服药的侍女淳于衍，被视为最大的嫌疑犯。

这淳于衍原是霍光夫人的贴身女仆，宣帝登基后，由霍光把她献给许娘娘。平时因为殷勤服侍，又善解人意，很快得到许皇后的信任。那天许皇后产后服药，就是她亲自侍候的。因此，她最有作案的机会。

审判官对她接连提审，可她和御医们一样矢口否认自己有任何嫌疑。由于她是最大的嫌疑犯，所以审判官们仍然坚持每天提审几次，想和她拼耐力，使她在经受不住折磨时吐出真情。

正在这个时候，大将军霍光却出面干预此案了。他先命令审判官暂时停止调查和审判，又进宫朝见宣帝，免不了先安慰宣帝几句，说了些"皇上节哀，以免有伤龙体"之类的话。后

来转入正题，便奏称："古人说过：'死生有命，富贵在天。'今皇后晏驾，虽然来得过于突然，却也是天意如此呵！这几名御医，都是值得信赖的，有的还侍奉过已故的武帝和昭帝。其忠心耿耿是有目共睹的，并不是那种大逆不道的人。再说，就是让他们吃了豹子胆，也不敢在宫内下毒吧！至于侍女淳于衍，我也可以保证她的忠心。她曾在我家做事，进宫后也曾侍奉过皇上您，许皇后也喜欢她。再说，她也不懂医道，恐怕把毒药摆在面前，她也认不出啊。我看，朝廷对此案还应宽怀大度。否则，杀他们，没有证据；拖延下去，更使民间猜疑增加，将不利于您的统治。"

霍光的话，宣帝哪能不听！尽管心头疑云密布，却也只好下令取消对案情的调查审理。于是，这案子也就不了了之，御医和淳于衍都被释放出来了。

皇后晏驾，给早就想登上这一宝座的霍成君提供了绝好的时机。不久，在霍光的安排下，她被送进宫里，陪伴正在经历丧妻之痛的宣帝。宣帝封她为娘娘，她以自己的年轻美貌、手段和心机很快赢得了宣帝的欢心。渐渐地，宣帝不再感到孤独，也不再为许皇后的事悲伤，那曾经弥漫于心中的疑云早被新的欢乐驱散。他现在又有了"新剑"，所以，失去"旧剑"也觉得算不了什么，甚至还不是什么坏事。加之，霍成君的入宫，使他觉得与霍光的关系又深了一层，安全感大大增加了。

一年以后，霍娘娘被顺理成章地立为皇后，她终于爬上了梦寐以求的宝座，实现了她和父母的夙愿。这一次，宣帝和霍光原以为不会遇到阻力。然而，结果还是有人出来反对。这个人，又是谏议大夫韩延寿。他在给宣帝的奏章中说：

朝廷突然中断对许皇后案件的审理工作，已经使得天下的老百姓都满腹猜疑，议论纷纷。人们指责朝廷对如此重要的案件居然也这样虎头蛇尾，有始无终。皇上您又不避嫌疑，在许皇后尸骨未寒的时候，就把霍娘娘迎进宫来侍候自己，现在，竟然又要立她为皇后。我听说霍娘娘进宫后便目中无人，连皇太后也不放在眼里，而且肆意破坏后宫规矩，大讲排场，凌辱宫女。霍娘娘这样的表现怎么能够母仪天下呢？皇上您却对霍娘娘的缺点视而不见，对下面的意见又充耳不闻，轻率地立霍娘娘为皇后。我们这些做臣子的对此十分失望，更没想到您即位才几年就变得如此刚愎自用。虽然我知道给您提意见已经无济于事了，可是作为谏议大夫，我又不敢不冒死向您提出不同意见，尽到自己的职责。

这道奏章真是大煞风景，宣帝与他的新皇后正如鱼得水，男欢女爱，难舍难分，哪里受得了这盆兜头泼下的冷水？奏章还没看完就被扯成碎片。宣帝气得几乎要杀掉韩延寿，只是顾忌到诛杀谏官会让天下人耻笑，在后世会留下骂名，才饶了韩延寿。

韩延寿的上书没能改变"新剑"换"旧剑"的结局，反而使宣帝和霍光都更加把他视为眼中钉，虽不便于直接整他，但却再也不愿把他留在京城。于是就调他到外地去担任太守，以免他老是同自己作对。

明镜高悬

河南淮阳郡，自古以来就是豪强横行的地方。这里，民风刁恶，弱肉强食，兵匪不分，吏治败坏，种种恶习弊端，在全国也是尽人皆知的。豪强之中，又以魏、赵两家势力最大。一个依仗当朝丞相，一个是前任太守的亲族。两家又互相勾结，朋比为奸。周围数百里内，只要提起这两家，没有人不害怕。他们占人田地，淫人妻女，包揽词讼，卖官鬻爵，种种劣迹，难以尽述。淮阳的老百姓深受其害，却又敢怒而不敢言。地方官大都与之勾结在一起，即使想洁身自好的官吏，也只能睁一只眼闭一只眼，任其横行乡里，而不敢贸然试其锋芒。历届官府与魏、赵两家的关系都十分密切。历任太守在上任之初，便要备上厚礼，到两家拜访，位置才坐得稳。否则，不用多久就会被排挤而滚蛋。两家的主人还是淮阳最有名的"贤良"。

韩延寿现在就担任这淮阳郡的太守。他上任后，没有照前任太守的老规矩前往魏、赵两家拜访，而是翻阅各种案卷，了解各方面的情况。一切都使他感到吃惊，感到困惑，感到别扭，但他决定要扭转这一切。他贴出布告，宣布将平反冤假错案，凡有冤屈的人，都可以前往太守衙门反映。

这天，韩太守升堂议事。他刚刚进衙，就听大门外鼓声大作。于是他命令手下的差役赶快去看，是什么人击鼓鸣冤。

不一会儿，差役回来报告说，击鼓的是个老汉。

"传他进来。"韩太守吩咐道。

进来的老汉看上去有七十多岁，满脸的斑点和皱纹，头发胡子均已成霜；身体佝偻，一副受苦模样。他走到堂前"扑通"一声就跪在地上，不停地磕头，嘴里说："太守大人为小民做主！"

"你是什么人，受什么人欺侮，有什么冤屈，快快讲出来吧。"

"报告大人，小民乔叟。十年前为儿子乔壮娶妻。新婚之夜，魏家大公子魏彪突然前来惹是生非，并百般调戏新娘。我儿乔壮实在气不过，找魏彪评理，却遭魏彪和他带来的大群奴仆毒打。我儿被打成重伤，三天后不治身亡。新娘何氏在混乱中失踪，肯定是被抢到了魏家，但至今还无确切消息。"

"此事发生后，你可曾向官府告发过？"韩太守问。

"告过。不过，当时的太守是魏家推荐的，又是他们的亲戚。告了也等于没告。后来每有新太守上任，小民都到衙门前击鼓鸣冤。无奈魏家的势力太大了，以前几任太守都不愿意得罪他们，所以这些状纸没有起到一点儿作用。历次告状都如石沉大海，得不到答复。"

"你相信我能够替你伸冤吗？"韩太守又问。

"小民早就听说过韩太守清正刚直，犹如明镜高悬，所以，小民才敢前来鸣冤叫屈。请大人为小民做主，也只有您才能给我做主！可怜小民的儿子十年沉冤，不能申雪；小民自己也是孤苦伶仃，别无依靠。"

韩太守听罢，不禁怒发冲冠，拍案而起。

"真是岂有此理！青天白日，朗朗乾坤，在我大汉国度里，竟然还有这等不法之徒，敢如此放肆，藐视王法，欺压百姓。

来人！……"

"大人且慢！这魏家气焰万丈，必定是有恃无恐。大人切不可贸然行动。再说，此事真相究竟如何，也还须查访核实，才能弄清楚。所以，大人还应三思，另寻良策才是。"太守府内一个上了年纪的小吏提醒韩太守。

韩延寿略一迟疑，对乔叟说："你先回家去，等本官仔细调查案情以后，再作处理。有冤必申，违法必究，你放心好了。"说完，又赐给他铜钱300铢。乔叟拜谢而去。

接着，韩延寿又调来前几任太守任内的有关案卷，拿回家中，细细翻阅。果然，案卷里根本没有记录此案。韩延寿推敲一番后，才知道这是一个棘手的案子。因为，事情已过十年之久，虽有原告，但没有旁证；加之魏家的权势太大，即使有知情者也不敢出面作证。因此，要想很快破案是根本不可能的。

韩延寿只好耐心地暗中查访。他先派人把乔叟保护起来；又派出心腹李甲，装扮成工匠，至魏府卧底；自己也常常装扮成平民、商人，微服查访，想寻出一些蛛丝马迹。可是，这一切依然收获不大。

一天，韩延寿正坐在家中读书，忽见家人进来通报："魏府有人求见。"

韩太守心想，魏府的人在这个时候来访，必定是有某种企图，或许是了解到乔叟告状的事了。不管怎样，我何不与他假意亲近，也好乘机了解些情况。于是，吩咐家人说："快请客人进来。"

进屋来的人头戴儒巾，衣着整洁，相貌和善，年纪约有五十多岁。他刚一进屋，就向韩延寿长揖到地，口称："草民魏崇儒，拜见韩大人！"

"快快请坐，不必客气。本官刚刚到贵地上任，还没有来得及拜访本地的贤良，多有得罪！本官远道而来，又不晓本地人情风俗，还请多多指点和关照！"韩延寿也同他客套一番。

"哪里哪里，韩大人学识渊博，才华出众，政声远播。您在京城的那些政绩，早已传遍各地。如今能屈尊到敝地任父母官，真是我淮阳百姓的福气呀！今后许多事情还都要仰仗您这位大人啊！"

魏崇儒的脸上没有丝毫的骄横之色。一边说，一边从怀里拿出一个包裹，放在桌子上，又说："草民久闻韩大人的大名，想结识又苦于没有机会。现在您坐镇淮阳，也是我等三生有幸啊。现备有薄礼，黄金二百两，绢帛一幅。不成敬意，望大人笑纳。"

"噢！"韩延寿一惊。心想：这家伙好精明，我才上任，就来贿赂我。我岂能效法那些贪官污吏！于是说道："本官无功无德，不敢受此厚礼。"

魏崇儒也是一惊。心想：你韩延寿果然清廉。不过，老夫也没什么怕你之处，你不收也不敢把我魏家怎么样。于是又说："草民是久仰太守大名，倾心结交，并非要贿赂大人，陷大人于不廉洁之境。请大人不要误会。另外，我知道大人酷爱金石书法，所以献上的这幅绢帛，乃是李斯真迹。请大人千万不要推辞。否则，我这老脸就没处放了。"

韩延寿更加惊讶，觉得魏崇儒来者不善，竟然连我的喜好都打听清楚了，又竟然愿意以这价值连城的李斯小篆真迹送给我作礼物！真是用心良苦啊。我不妨将计就计，将礼物收下，

了解了解他来访的真意，二来可以把它们作为日后的罪证。

于是，韩延寿连连赔笑说："魏老先生不要生气，本官别无他意，只是说无功受禄，受之有愧呀！既然老先生硬要我收下，那我只好权且将礼物寄存在这里啰。黄金易得，李斯丞相的真迹难求啊！下官谢谢老先生了。"

魏崇仁见韩延寿答应收下礼物，十分高兴，连忙打开包袱，取出绢帛，展开让韩延寿观看。只见这绢帛已经发黄，上面正是秦朝丞相李斯用小篆体书写的《仓颉篇》！李斯代表了秦朝小篆的最高成就，秦始皇统一中国后，实行"书同文"（即统一文字）的改革，就是采纳了李斯的建议，并且又规定以李斯创造的秦篆（即小篆）为唯一通行的字体。尽管如此，李斯小篆作品流传下来的却不多，除了尽人皆知的《泰山刻石》外，《仓颉篇》是他的主要代表作品，所以十分珍贵。这篇小篆写得秀丽雅致，飘逸有神；用笔粗细得宜，笔画错落有致。看起来，有的婉转流畅，有的苍劲挺拔。就像后人评论的那样："形状就像龙飞凤舞，笔画就像玉筷交织伸缩。"整篇作品，一气呵成，似神工鬼斧，真是名作呵！看得出，这样的小篆除了当年的李斯之外，是再无第二人可以写出来的。

韩延寿不禁连叫："好字！好字！"几乎要在魏崇儒面前失态了，忙定住神，一面拱手致谢。

两人又闲聊了一阵，谈古论今，韩延寿发现，这魏崇儒并非不学无术之辈，而是一个很有些学问的饱学之士。言谈之中也不乏真知灼见。韩延寿不禁想：像他这样的饱读诗书的人怎么会缺少德行呢？真是不可思议。

等魏崇儒告辞出门后，韩延寿把这黄金、绢帛依然包好，并写上某年某月某日，魏府送的字样，然后把它收藏起来，再也不去动它。

第二天，赵府的主人赵广也来拜访，送来不少各地名产和金石字画。比起魏崇儒来，赵广就显得粗鲁无知得多了。但韩延寿仍然以礼相待，对礼物也照收不误。过了几天，韩延寿又回拜魏、赵两家。一时间，太守和两家的关系似乎越来越亲密了。他只字不提乔叟告状的事。不久，淮阳的老百姓开始对新任太守失望了。他们说这韩太守和前几任太守一样，也是一个昏官，过去枉有一些好名声；一到淮阳，就只知道同豪强们抱成一团，不为百姓作为……韩延寿听了这样的话，也是毫不介意，一笑置之。

平时，他很注意奖励耕织、提倡学术、倡办学堂、厉行节俭，得到淮阳百姓的支持。可是，老百姓一看他与魏、赵两家来往密切，就从感情上疏远他，不把他当成一位好官了。

就这样，又过了三个月。韩延寿了解到，十年前魏彪大闹乔壮婚宴，打死新郎、劫持新娘的事情是真的。李甲也送来情报：当年的新娘何氏现在仍在魏府，并已心甘情愿地当了魏彪的小老婆。她平时藏在一间密室，很少出来走动。还了解到：知情人大都被魏府逼走或者整死，只除了赵府的人外。

韩延寿得到这些情况后，立即展开了进一步的调查。

一天，韩延寿又去拜访赵广。赵广摆上酒宴。酒过数巡，韩延寿好几次装着欲言又止的样子，引起了赵广的注意。赵广知道他有话说，可似乎又有难处。于是催促他说："韩大人，您有什么话就说出来。若有用得着小人之处，小人一定效劳。""莫非还信不过小人吗？"

"说哪里话？好吧，那我就讲出来。"韩延寿似乎终于下了决心，对赵广郑重其事地说道："本官今有一事相告，你知道十年前，这淮阳城内发生了一起劫婚的案子。现在原告已经告到京城了。前几天本官收到上面的命令，要求迅速查明此案，严惩元凶。还说，原告控告的是你们魏、赵两家合谋干出来的。对此，本官十分为难，所以，来告诉你一声。也好让你有所防备。魏府那边，我想他在朝廷中有人帮忙，我就不想去他那儿了。"

赵广酒量本来不大，几杯酒下肚，就已喝得醉醺醺的。听韩延寿说十年前的那桩案子跟他家牵连在一起时，不由得一惊，连酒也吓醒了。他慌忙申辩说："大人明察，此事全是魏彪一人所为，跟我赵家毫无关系。那魏彪指使下人，劫走何氏，逼其为妾。何氏起初不答应，后来还是请我的儿媳劝她，加上魏彪也不停地软磨硬缠，何氏才从了他的。"

"是啊，这些我也有所耳闻。不过，原告咬定是你们两家所为。你就不可不找出证明，摆脱干系。魏府有丞相在朝廷为他家撑腰，想必不会有什么大的风险。可是尊府却不可不防呵！"

"唉，都是前任太守，我那族兄枉法徇情，造成这起冤案。可是，跟我赵家的确无关哪！衙门里的蔡主簿是个知情人，经办过这个案子。大人不妨问他，便知小人说的都是实话。"赵广一心为自己辩解，哪里还管得了魏、赵两家的交情，甚至连本族的前任赵太守也不顾了。无意之间，给韩延寿提供了重要线索。

韩延寿回到府中，立即把蔡主簿唤来。蔡主簿年近六十，在这府衙里管文书档案也已有三十多年。从外表上看，倒还显得忠厚。

"大人唤小吏来有何见教？"蔡主簿毕恭毕敬，又有些惊慌。

"十年前魏彪杀夫劫妇一案，可是你经办的？"韩延寿单刀直入地问。

"这……"蔡主簿登时脸红起来，吞吞吐吐，不知说什么才好。

"蔡主簿，我等身为大汉官吏，领受朝廷的俸禄，奉命执行国家的法律，可不能徇私枉法啊！"韩延寿一脸正气，令蔡主簿不敢看他，只好低下头。

韩延寿继续说道："此案虽已了结，但原告不服，现又告发到京师。朝廷命我查明真相，秉公处理。你可不能一错再错呀！"

"小吏知罪，小吏该死。此案的确是小吏经办的。十年前案发之初，轰动了全城。乔叟到郡里告状，满以为可以为他儿子报仇。哪知道魏家买通赵太守，说乔壮欠他家钱财，自愿以妻抵债；说乔壮是自己病死，与魏彪无关；还说何氏根本不在魏家，乔叟告状，是想赖账。赵太守找了一个仵作验尸。这仵作也被买通了，就草草验看一下，谎称乔壮系发痧身亡。当时，小吏奉命在场监督和记录。见那尸体实在已体无完肤，面目全非，显然是被毒打致死的。可是，赵太守仍命小吏照魏府的意思结案：判乔叟为诬告，本应惩处，姑念其年老，又遇家破人亡的惨事，无罪开释，官府并放给一百铜钱补助生活。可是乔叟并不领钱，仍是叫屈不已。赵太守就命差役们将他逐出

衙门。"

"那仵作今在何处?"

"结案后不久,就迁居到邻近的太康县了。"

"恐怕你也得了些好处吧?"韩延寿那双炯炯有神的眼睛逼视着蔡主簿。

蔡主簿把头垂得更低,回答说:"小吏该死!魏家送我五十两银子,我先不受,魏家就说是太守的意思。我知道魏家的势力太大,得罪不起,赵太守又与他家十分密切,所以就收下了。不过,小吏知道这是昧心之财,不敢动用分毫,现在仍藏在家中。"

韩延寿严肃地说:"执法犯法,罪加一等,这是明明白白地写在我大汉法典上的。但你是被人胁迫,又能认错,就可以减轻罪责。杀人偿命,欠债还钱,从古至今都是一样的道理。希望你到时候能站出来作个证人,讲清实情,将功补过,还不算晚。"

"那是,那是当然。小吏一定照大人的教诲办。"蔡主簿诚惶诚恐,连连点头。

接着,韩延寿又派人找到了十年前的仵作,将他秘密地接进府衙。

一切准备停当后,韩延寿带领两个捕快来到魏府。与魏崇儒寒暄几句以后,说:"本官想请大公子一见,有事相告,不知可否?"

魏崇儒吃了一惊,但还是吩咐下人去叫魏彪前来。不一会儿,魏彪出来。魏崇儒忙喊:"快快拜见韩大人。"

魏彪只是拱手一揖,却问:"韩大人要见我?"

韩延寿见这魏彪生得虎背熊腰，相貌堂堂，仪表非俗。心想，看这人相貌倒不像个恶人，却不知干出了多少伤天害理的事。真是人面兽心啊。心里这么想，嘴里却说："大公子幸会，本官想请你去府里一叙。"说完便站起身来。

魏彪心知不妙，便想回身逃走。只见韩延寿身边那两名捕快疾步蹿上前去，一把扭住了他。

魏崇儒大惊，脸色一沉，问道："韩大人，你这是什么意思？"

魏彪大骂："韩延寿，你这个不知天高地厚的东西，凭什么抓我走？"他想挣脱，可那两个捕快的手犹如铁钳一般，把他扭得紧紧的，怎么也挣不开。

韩延寿说："大公子不必动怒，我不过是请你去郡府了结一桩公案罢了。"

魏崇儒明白，一定是十年前魏彪做的那桩案子又旧事重提了。不过，他想："此案已作了结，自己凭借着朝中的丞相做靠山和自己在淮阳当地的势力，你一个韩延寿也未必就能把案子翻了！再说，你韩延寿一来，我就倾心与你结交，送给你最喜欢的书法珍品。现在谅你也不好意思翻脸不认人吧。"

这时，被派到魏府卧底的李甲跑出来报告说："何氏正在内屋。"

"那就一块儿请进府衙。"韩延寿吩咐道。李甲直奔内屋去了。

魏崇儒这下全明白了，韩延寿是来者不善。他冷笑一声："韩太守，你真不够交情！我诚心结交你，你却用这种诡计陷害我儿子。你把我魏家看成什么了？到时候，可别后悔啊！"

"我只是秉公办事，何谈'陷害'二字？令公子是当事人，必须到堂。一切真相，在公堂上自然会弄明白的。"韩延寿说完，把袍袖一挥，他率领捕快们，带着魏彪和何氏扬长而去。

第二天，韩延寿升堂，公审十年前的杀夫劫妇案。原告、被告和证人以及魏崇儒、赵广都被传上公堂。

开审以后，魏彪态度强横，坚持十年前的说法，矢口否认了自己的罪行；并出言不逊，威胁郡府的大小官员。何氏起初也和魏彪的口供一致，不承认自己是被抢到魏府，不承认丈夫乔壮是被打死的。等到证人蔡主簿和仵作都出来证明了魏彪的罪行后，魏彪依然耍横，拒不认罪。何氏则低头不语了。

韩延寿喝令动用刑具，痛打杀夫劫妇的恶贼和不认亲夫、甘心事贼的贱妇。如狼似虎的衙役举起板子，把这对狗男女一顿饱打。魏彪仍挺着不肯招供，何氏熬不住打，被迫吐出真情：

那天，婚宴正在热闹之际，突然来了群打手，口称是来讨债的，揪着丈夫就打。眼见丈夫被打得奄奄一息，小妇人吓得半死。混乱之中有几个人扭住我，把我送到一座十分富丽堂皇的楼房里，后来听说这就是"淮阳第一家"魏府。这魏大官人当晚就来逼我从他，我以死相威胁，他才走开。可是在半夜里，他指使丫鬟用熏香把我迷倒，不省人事。第二天早上醒来时，魏大官人已赤身睡在我的身边。我知道身体已被他玷污，就几次想寻自尽，都被他们救下。魏府的好多妇人都劝我从了魏彪，连赵太守家的媳妇也来规

劝。小妇人求死不得，万般无奈；又见他生得也是一
表人才，比我那丈夫要强过十倍；又想自己的身子已
被他占有，就勉强答应了他。从此做了他的小妾。小
妇人句句是实，求大人明察。

在人证、物证面前，魏彪只好服罪，不过他还幻想有丞相
给他撑腰，所以依然显得满不在乎。

韩延寿又拿出魏、赵两家送给他的金银和字画；蔡主簿和
仵作也当众拿出当年所接受的钱财。韩延寿说，魏、赵两家贿
赂朝廷命官，妄图操纵地方官府，破坏国家法度，应当依法重
惩。最后，韩延寿宣布对此案的判决：

　　案犯魏彪，杀夫夺妻，天理难容，又以不法手段
逍遥法外十年之久，实属罪大恶极，判处死刑，立即
斩决；何氏不念杀夫之恨，反而认贼作夫，助纣为
虐，卖身投靠，隐瞒案情，实在败坏纲常，判决将她
发卖为奴婢；魏崇儒、赵广本为地方名门望族，淮阳
的"贤良"之首，理应带头奉公守法，但却仗势欺
人，横行乡里，贿赂官员，干扰地方政事，判决重新
核实两家田产，凡属强占者尽数退还原主；并须从严
管教子弟，不得再生事端。两家行贿的钱物字画，均
没收充公。

公堂上下，顿时鸦雀无声。乔叟跪在韩延寿面前，老泪纵
横。一边叩头，一边喊出发自肺腑的声音——"韩青天"！

魏彪受到了应有的惩罚，乔壮的十年沉冤终于得到昭雪。魏、赵两家受此打击，从此不得不大为收敛，从这以后，淮阳的豪强地主都威风扫地了。

京师最高长官

韩延寿在淮阳惩治恶霸、伸张正义，得到了朝廷的信任，更得到了老百姓的拥戴。

此后，他相继调任颍川、东海两郡太守。每到一地，他总是仔细了解民情，解决老百姓最迫切需要解决的问题。同时，他也注重礼、义的教育，重用当地有学问的读书人；还亲自参加民间的节日庆典和祭祀活动，与民同乐。每遇灾荒，他总是尽力救济灾民，并总是出现在灾情最严重的地方，与老百姓一起抗灾自救。因此，"韩青天"之名传播到很远的地方。

有一年，东海郡各县发生了罕见的水灾和蝗灾，方圆数百里是颗粒无收，数百万人民饥肠辘辘。韩延寿一面急告朝廷，请求赈济；一面派官员到各县安抚百姓。由于当年全国受灾的地区较多，朝廷收入有限，无法拨出多少钱粮给东海郡。韩延寿就宣布各县免去当年和第二年的田赋；又把上面拨给他用于修建官府和军费的专款二千多万铢全部分发给各县的灾民；太守衙门还贴出布告，强迫各县的地主免收当年田租和禁止发放高利贷，并按田产多少来募捐以赈济百姓。由于上述措施并未得到朝廷的批准，所以实行以后，引起一些朝廷官员的反对，也使有钱人产生了嫉恨心理。但是，这些措施救了东海全郡的百姓，他们对韩延寿十分感激，把他当作自己的再生父母。在他的带领下，灾民们积极地进行生产自救。一些逃荒在外的人也回到了故乡，甚至许多原已走上造反之路的汉子也自动放下武器，回乡务农。东海郡十几个县，监狱都空了，不久监狱被改成学校。狱卒们因无事可做，都纷纷改行务农。当时，东海郡的灾情在全国最为严重，然而，东海郡的社会治安又在全国首屈一指！一个最难治理的地方却成了治理得最好的地方。提起这一切，就连后世的历史学家也会说："多亏了韩青天！"

由于他在各地的政绩十分突出，他成了全国最有名气的郡太守。朝廷里许多大官员向宣帝推荐他，请求调他进京，参与朝廷的军国大计。宣帝虽对他有前嫌，但还是赞许他的才能，就同意了朝臣们的要求，任命他担任了长安最高行政长官。长安是汉朝的帝都，管辖范围除城内之外，还有周围二十四个县，是全国的政治、经济和文化中心。担任这里的行政长官，既要管理这数十县的政务、维持好首都的治安，还要参与朝廷的军国大计。其担子之沉重，地位之重要，是可想而知的。

这是韩延寿担任的最后一个官职，也是他政绩的至高点。

数年后的一天，韩延寿率领京师的大小官员到长安附近进行视察。按照惯例，这次到高陵县事前没有通知高陵县令，并且他与随从都穿着老百姓的衣服。这样就可以更加真实地了解情况，防止被视察地的官员弄虚作假。当他们来到高陵县城时，就看见人们三三两两地聚在一起，议论着什么。韩延寿走过去，只听他们说：

"这回可难住了王县令啦！"

"可不是吗？自从韩大人上任以来，我们这儿已经息讼好

久了。谁知道现在又……真是人心难测呀!"

"唉,都怪当父亲的在临终时没有安排好,才使得兄弟失和。"

……

韩延寿也没听出个所以然来,就决定到县衙去。韩延寿率众来到县衙门前,手下人通知门房,让他进去报告王县令。不一会儿,王县令率领官吏差役出门迎接。

进到衙门里面,韩延寿看见有许多人站在堂下,还有一些差役守在那里,就问:"王县令正在审理案件吗?"

"报告大人,卑职正在审理一桩兄弟争田案。"

"噢!有结果了吗?"韩延寿一下子明白了街上人们的议论情由。

"他们兄弟两个各执一词,又都没有证据。卑职无能,只能从大汉法律中找结论,可总也找不出适合这个案子的条文。所以,卑职还没有决断。"王县令诚惶诚恐地说。

"那就让本官来问一问。"韩延寿于是坐上县令的位置。他分别询问了兄弟俩,又问了他们的街坊邻居。终于弄明白了大致的情况。

原来,这兄弟俩都姓田,哥哥田松,弟弟田柏。家住城外二十多里的村子里,母亲早亡,父亲也已去世三年。留下一块水田,约有十亩。但父亲是突然病死,又是不识字的庄户人,所以死的时候并未留下遗嘱。前两年兄弟两个感情不错,共同耕种这块水田,从未发生争执,还合力开荒,使田地又增加了好几亩。后来,兄弟俩先后娶妻成家,分开过日子,矛盾就出现了。街坊邻居都说这是由于妯娌不和引起的。田松、田柏都说那水田是父亲留给自己的，互不相让，越争越凶，还打起架来，这才扯到县衙里来打官司。

田松、田柏见惊动了京城来的韩大人，由他老人家亲自过问他们兄弟俩的事，吓得哆哆嗦嗦地跪在地上，等着这位朝廷大员对他们的严厉的审问和惩罚。街坊邻居也不知道这位鼎鼎大名的韩大人会如何审理和判决此案。

韩大人瞧着兄弟俩，深深地叹了一口气，两行泪水滚出了眼眶，难过地说道："兄弟之间如同手足一样，理应相亲相爱，互相照顾。这是古人早就讲过的道理。假如当哥哥的不爱护弟弟，当弟弟的不尊敬兄长，那还能算作兄弟吗？起码也对不起父母啊！我身为这里的长官，自以为治理得不错。可是现在我才明白，自己是浪得虚名，辜负了朝廷的重托和百姓的厚望。因为我虽然也举办了一些学校，却不能宣扬教化，用圣人的教诲来开导老百姓，使他们懂得礼让的道理，反而使骨肉兄弟之间也不能互相容忍，以致出现今天这种事情。这不怪你们兄弟俩，只怪我这做长官的没有尽到职责，我真是罪过呀！你们快起来，先回家去吧。"

接着，他又哽咽着对在场看热闹的人说："大家都回去吧！这个案子今天审不了啦，在我管辖的地方出现这种事，我太难过啦！让我好好地闭门思过，找出自己的毛病。然后才能审案子。"

田松、田柏慢慢站起身来，神情茫然而又不安，低着头，红着脸，走出县衙门。

看热闹的人们一下子也愣住了，他们之中，过去谁也没有见过当官的会自己认错，何况还是朝廷的大官！他们不由自主

地受到韩延寿的感染，眼睛都湿润了。后来听这位韩大人说，要大家回家，才不情愿地往衙门外走。临出门，他们都对韩延寿投去了敬佩的一瞥。

此后接连三天，韩延寿都把自己关进一间十分简陋的小屋子里。他坐在地上，面对墙壁，静静地想着……全县的大小官吏和老百姓都知道他在检讨，从内心反省自己的过错。然而，这么好的韩大人还能有什么过错呢？人们更加感动了。

第四天早上，韩延寿身穿平民服装，来到县衙。走到县衙门口，只见这里跪着一大群人，他们都用绳子把自己的手捆住，赤着上身，背上都插上了一根荆条。跪在最前面的是王县令和县丞里的官员，后面是田氏两兄弟和乡亲们。他们见韩大人前来，就一齐拜倒在地。

王县令边拜边说："大人，都是卑职的罪过。卑职无才无德，不能把您的恩德和教诲都贯彻好，请大人责罚卑职！"

众乡亲也异口同声地说："是我们这些小民不好！没有报答韩大人和朝廷的恩典，反而让您如此不安。求大人惩罚我们吧！"

田松兄弟俩挤开众人，来到韩延寿面前跪下，哥哥先哭着说："不，不怪王大人，也不怪众位父老乡亲，都是我一个人的错，我是兄长，理应爱护弟弟。可我却违背韩大人的训导，昧着良心，想独吞这水田。我真该死，我真后悔呀！这田，我不要了，请大人断给弟弟吧！"

弟弟也接着说："不，也不怪哥哥，是我做弟弟的不对。我忘记了大人的教导，不尊敬哥哥，不顾骨肉之情，争田夺地。还让韩大人、王大人和各位父老乡亲为我们负罪。我真浑哪！这田应该分给哥哥，我不要。请大人处罚我吧！"说着，田柏也哭了起来。

他们的邻居街坊也争着说："这事也难怪他们兄弟俩，年轻人，火气大，是我们没有尽到邻里乡亲的本分，没有劝和他们，反而让他们越争越厉害，大人要处罚就处罚我们吧！"

韩延寿也被深深地感动了。他连忙一一扶起大家，连连说："快别这样！快起来！"

接着又对田氏兄弟说："这案子已经用不着再审了，我也就不进衙门里去了。不过我愿意就在这里给你们提点儿建议，你们兄弟俩原先一直相亲相爱，虽然为这事闹了一些意见，但也没什么。兄弟俩既然都愿和好，又都互相谦让，说明你们都是懂得礼、义的大丈夫嘛！我看这田就先别分啦，还是像先前那样，合着种，合着收，以后有了孩子或因别的原因必须分田时候再分不迟。到那时候我相信你们再也不会因一点田地伤了兄弟之情，是吧？总之，这件事的责任在我，该受责打的是我。既然你们都拿了荆条，又不愿真正打我，那就让我收下它们吧。我会把它们放在身边，随时记住这件事的教训，随时鞭策自己。"

这情景是那么感人，它让人感到"青天"在老百姓心目中的地位，更让人感到做一个真正的"青天"是多么的不易！

从此，田氏兄弟恢复了昔日骨肉情谊，他们再也不为什么田产之类的事闹矛盾了。这高陵县的老百姓也从此更加有礼让精神，民风更加淳朴。整个长安所辖二十四县都成为全国的模范县。老百姓从此真正安居乐业了。

韩延寿的政绩辉煌，威望远远超过一般朝廷官员，更远远

超出了前任长安行政长官萧望之。百姓们恭恭敬敬地塑起"韩公像"，虔诚地修建"韩公庙"，对他就像对天神一样地顶礼膜拜。甚至有人把他的名字写进自己的祖宗牌位，像供奉祖先一样供奉他。长安城的大街小巷也流传着关于他的故事；长安城的娃娃们唱着这样的歌谣：

不愁吃来不愁穿，
只因有了"韩青天"，
一心一意为百姓，
两袖空空是清官。
广行仁政合狱空，
普施教化效圣贤，
京城换了左冯翊，
万民真正享长安。

官场倾轧

韩延寿从政数十年，光明磊落，为民解忧，不惧豪强，拯救了无数性命。他的正直、无私、廉洁、忠诚和嫉恶如仇的品性给自己带来了什么呢？除了人民的爱戴之外，还有权贵们的嫉妒和仇恨，汉宣帝嫌他饶舌多嘴；霍家恨他几次破坏霍皇后的好事；魏丞相恨他杀了亲属，不顾情面；前任京城长官、现任御史大夫萧望之嫉恨他压倒了自己的名声……

树大招风，一场陷害他的阴谋在加紧策划着。而为首制造阴谋的，正是萧望之和魏丞相这两大权贵。萧望之派亲信悄悄到韩延寿任过太守的各地去调查，搜罗罪证，寻找敢于告韩延寿的人。

终于，他们在东海郡找到了一个无赖，名叫尹福，此人成天游手好闲，韩延寿任东海郡太守时，多次救济过他，也多次教育过他。可是，朽木不可雕，韩延寿一调走，尹福又旧病复发，现在正是衣食无着的时候，萧望之给了他一大笔钱，命他告韩延寿的状。尹福这家伙有奶便是娘，满口答应。很快就向御史台告发了韩延寿。说韩延寿有两条罪状：一是擅自发放公款和军费到民间，收买刁民，妄图谋反；二是在东海不遵守朝廷定下的制度，检阅军队，狂妄僭越。

萧望之抓住这两条，又利用自己掌握的御史台对韩延寿进行弹劾。弹劾的奏章一公开，就很快在朝廷引起了轩然大波。大多数的朝官认为这些指责没有足够的证据，并且是检举他几年前在东海郡的过失，时过境迁，是不足为凭的。右丞相丙吉素来器重韩延寿的才能，赞赏他的品德。当萧望之指控韩延寿的时候，丙吉为他辩护说："延寿实在是当今难得的一个好官员，朝廷素来信任他，老百姓一向拥护他。请御史大夫别听信小人的诬蔑吧。如果连他这样有名望的官员还要受到弹劾，那么，我们大汉国家恐怕就找不出一个好官员了！再说，即使延寿过去在东海郡真正犯有所指控的那两大罪过，那也不应该再加以追究了，因为皇上已经宣布两次大赦天下了。连真正的罪犯都已放出，为什么还要把延寿这样的人关进去呢？"

萧望之当然不会就此罢休，他联合了左丞相魏相，就是魏崇儒的同族兄，并勾结了宣帝身边的宦官，直接向宣帝告发韩

延寿。罪状除了前面那两条以外，又加上了"弄虚作假，瞒天过海，欺世盗名"。

此时的汉宣帝，年事已高，更加昏庸。本来，他对韩延寿就是恨多于爱的。现在见御史台弹劾韩延寿，魏丞相等朝官也告发韩延寿，便也想乘机教训一下这个狂傲多嘴的臣下。不过，他在此时也还并没有打算将韩延寿置于死地。他听了萧望之和魏相等人的控告后，只是下令仔细调查，并把调查结果呈报给他。

此时的韩延寿，也已五十多岁了，性格更加固执，再加上他自己几十年的宦海沉浮，政绩辉煌，在民间威望极高，于是也就有些飘飘然了。他完全不把萧望之、魏相这些中央实权派放在眼里。他素来缺乏政治斗争的经验，现在，在这场决定自己命运的斗争中，他又犯了读书人常犯的通病——不讲策略，以硬碰硬。这对他来说，可是一个致命的错误。

韩延寿得知自己被萧望之弹劾，而举出的所谓"罪行"并不是现在犯的，而是在过去的任内的事，心里就明白这是萧望之有意陷害自己。于是，他也采取了以牙还牙的报复措施。

他命令自己的部下调来前任京城长官的案卷，认真核查收支账目，终于发现了问题，有一笔公款不知去向。在收入账上，记录的是用于修建粮仓、维修道路，开支账目中却毫无记载。这笔公款数额有一百多万铢。于是，他抓来当时主管此事的官员，严厉盘问，仔细追查。那官员起先不肯承认，后来经过严刑拷打，只好承认是贪污了这笔钱。并且，还说是与前任长官萧望之合谋贪污，萧望之得了七十万铢，自己得了三十万铢。

　　韩延寿抓住这个把柄，立即向宣帝上奏，以贪污公款和陷害朝廷官员为名，弹劾御史大夫萧望之。宣帝下令进行调查，并告诫双方不要互相攻讦，如有诬告，不论是谁，都要受到严厉的惩罚。

　　双方的斗争日益白热化。韩延寿想先下手为强，就以京城最高行政长官的名义，下令将萧望之抓起来审问。

　　这天，萧望之刚从御史台衙门出来，就被韩延寿派来的兵士扭住。萧望之狂怒已极，大骂："延寿匹夫，竟敢如此无礼！"但兵士们不管三七二十一，硬把他押上一辆马车，送到韩延寿指派的地方。

　　韩延寿拘捕萧望之的行动，惊得满朝文武目瞪口呆。汉朝开国一百多年，这种事情还是第一次发生！魏相立即率领大群朝臣，上奏宣帝，说韩延寿"不遵法度，目无尊长，竟敢在光天化日之下公开劫持执法大臣。这种行径野蛮得和土匪没有两样。这种无法无天之徒，如不严加惩处，百官将毫无安全感。请求皇上立即传旨，惩办延寿，以正官风"。为了增加宣帝惩办韩延寿的决心，魏相还含沙射影，说韩延寿本是靠霍光提拔上来的，他和霍家谋反的事也有牵连。言下之意，就是把韩延寿说成是霍家的余党。

　　宣帝听完后，十分生气，立即传旨，要韩延寿马上释放萧望之，并派羽林军将韩延寿逮捕归案；加紧调查韩延寿的各种罪行；对于韩延寿所告萧望之贪污一案，也必须调查清楚。

　　这一个回合，韩延寿采取冒进策略，遭到失败。事实上，宣帝生了气，就已经决定了韩延寿的败局。这时候，连原来想保护他的右丞相丙吉也改变了态度，转而认为他以下犯上，狂

妄自大，应该受到惩罚。

萧望之被放出以后，见形势对自己十分有利。就采用了以退为进的策略。他向宣帝称奏道："朝廷任命我当御史大夫，是要我奉皇上的命令监督全国的所有官吏。下面有人告发韩延寿，我不能置之不理，而必须查明真相。这是御史大夫的职责，并不是我对他挟嫌报复。可是我竟然因此遭到韩延寿的非法扣押！多亏皇上洪恩，我才能得救。前段时间我和他互相检举，不知情的人以为我是心怀嫉妒、冤枉好人；而他又是名声很好的官员。现在我请求皇上传旨彻底查清我和他的问题，使真相大白于天下。问题查清之前，我情愿带罪在家，等候您的处置。如果问题弄清了，我再复职不迟。"

要知道，此时的萧望之，不仅官职地位比韩延寿高，而且还是深受宣帝信任的当朝最大的实权派之一。霍光一家败亡后，宣帝收回了许多实权，交给了信任的大臣。而掌握实权的只有丙吉、魏相和萧望之三人。加之，三人当中，魏相完全和他站在一起，丙吉是好好先生。这一切，无疑使他在与韩延寿的斗争中能够稳操胜券。更何况，宣帝是那样宠信他，后来还让他当上了太子的老师，官至太傅。并且，还让他列为自汉朝开国以来最著名的十一大功臣之一，他的画像被挂在皇宫里最为庄严的麒麟阁！你说，韩延寿能斗得过他么？结局是可想而知的。

萧望之的主动表白和谦让，博得了宣帝和朝臣们的好感。宣帝传旨，按萧望之的建议，组织由丞相、高级军官和五位博士参加的专案组，负责调查和审判韩延寿的罪行。至于对萧望之，宣帝虽然仍然声称要依法查清贪污公款案，但却不同意他辞职，而让他继续主持朝廷中的大事。

事态很快按萧望之的意愿发展下去。不久，专案组先发表调查报告，说所谓萧御史贪污公款案并不是事实，而是韩延寿的诬告。真相是那个掌握京城建设的官员独自贪污，与萧御史无关，此人先前的口供是韩延寿用酷刑逼出来的，不足为凭。这样，萧望之完全摆脱了干系。

接着，专案组又奏告了对韩延寿罪行调查的结果。说萧御史弹劾他的各条罪状都成立，不仅如此，韩延寿还犯有其他更为严重的罪行。如擅自在自己的马车上描画龙虎图案，私养敢死兵卒，私自打造上百万副铠甲，训练部下飞车盗马之技，用公款赏赐部下……总之，调查的结论就是说他犯了欺君罔上，图谋不轨的死罪。

这些罪状，当然不是事实，而是那些迎合萧、魏的官吏无中生有地捏造出来的。但是，此时的韩延寿早已失去自由，早已失去了为自己辩护的权利；成了上自宣帝，下至群臣的整个封建官僚集团打击的对象。"人为刀俎，我为鱼肉"，他成了任人宰割的对象，自然，再多的"罪行"也可以堆在他的身上。

紧接着，宣帝命令成立特别法庭，审判韩延寿的案子。特别法庭由丞相府、御史台和公卿百官组成，负责人是魏相。经过形式上的审理，特别法庭判处韩延寿死刑，并斩首示众。罪名是："欺君罔上，为官不正，诬告和凌辱执法大臣……"

韩延寿并不服罪，但他却再也不能为自己翻案了。汉宣帝的御笔一挥，已使他的生命之路走到了尽头。

于是，才有了本篇开头处描写的那番情景。

他的死，让爱戴他的千万百姓流干了眼泪！

他的死，给研究历史的学者留下了长长的问号！

他在生命的最后一刻发出的"官不可做"的叹息，道出了历史上清官们的千古悲剧之所在。

太行山的骄傲
——狄仁杰的故事

少年英才

　　太行山，方圆数百里，自古以来就是天下名山。它北扼燕赵，南控黄河，形势极为险要。山中有闻名于世的"八陉"，即八条大道。它们是轵关陉、太行陉、白陉、滏口陉、井陉、飞狐陉、蒲阴陉、军都陉。这都是南北商旅和军队往来的必经之路，因而这里从未平静过。就是在汉代的文景年间和唐朝的贞观年间那样的盛世，这里也依然盗寇出没，匪祸猖獗。不过，话说回来，这里也是一块能人辈出的风水宝地，完全称得上是"人杰地灵"。

这是春意盎然的一天。一位身高八尺的儒雅青年带着几个随从步上太行山顶。看得出，他是一个读书人。他站在山顶，俯瞰山下。但见茫茫平原，沃野千里；村庄错落有致，沟渠纵横密布，田里的庄稼翠绿一片，山坡上的桃李竞相开放……

他无意中抬头望去，猛然见到在湛蓝湛蓝的天空中，有一朵白云在随着微风飘游。白云显得孤零零的，似乎它是身不由己。它一边随风飘动，一边无声地翻滚着身躯，像是在挣扎，又像是在寻觅着什么……白云渐渐远去，这青年也全神贯注地目送着它。直到它完全消失，他才回过神来，不由发出一声长长的叹息："唉，我多么像这白云啊！命中注定是要漂泊一生，四海为家了。"

好久，他才与伙伴们一起，慢慢地往山下走去。

这位青年，就是唐代著名的政治家狄仁杰。

狄仁杰，字怀英，出生在太行山下的并州（今太原）。他生活的年代，正是唐朝已结束了"贞观之治"，社会矛盾日渐走向尖锐的高宗、武后统治时期。尽管此时的社会经济仍然在发展，人民的日常生活也还有保障。但是，贞观时期的那种"道不拾遗，夜不闭户"的极盛景象却已经一去不复返了。

狄家是一个读书人世家，狄仁杰的父亲是并州名气很大的文人。他曾于贞观年间通过科举，受到太宗的器重，先被任命为御史。因行性耿直，嫉恶如仇，得罪了权贵，被贬到并州担任副长官。不久又因反对朝廷在山西收罗奇花异石和反对征伐高丽而被罢官回家。此后，他专在诗文上下工夫，生活起居方面依然十分严格。每天清晨，鸡鸣三遍，就必定起床；先去后花园，趁着星光月色舞几回剑，然后回书房读书。几十年来从不改变。虽然他自己在官场上失意，但从来不流露出一点消沉的情绪。他对唐王朝依然忠心耿耿，一心想使它永远保持强盛。他把这希望寄托在儿子仁杰身上。因为，小仁杰从小就相貌堂堂，志向远大而又聪颖异常。所以，他对儿子要求十分严格，给儿子灌输忠君报国、为民请命和清廉正直的思想。这一切，对小仁杰产生了重要影响，使他选定了读书—科举—做官的道路。

在父亲的引导下，狄仁杰从小便认真读书。他想长大后考中状元，成为国家的栋梁，在为国为民的仕途上一展宏图。他懂得，在科举取士的环境下，不好好读书是不可能实现自己的理想的。因此，他常常整日整夜地坐在书房里，废寝忘食地刻苦攻读儒家经典和其他书籍。他的聪明，加上他的用功，使他在学习上远远超出了同龄的少年。有时，他甚至还给以博学著称的父亲也出些难题。

他的机警、干练也为一般少年甚至大人所望尘莫及。这些天赋的资质在他日后的宦途生涯中大派用场。

还在他十四岁那年，家里发生了一件大事。一天清晨，狄家的家人王二像往常一样起来，去开大门。他取下闩门的木棒，把门往里面一拉，却见一具尸体顺着门板倒了进来，横躺在门槛上一动也不动。

王二吓得魂不附体，转身就往屋里跑。一边跑，一边喊："不得了啦，有人被杀死啦！"

狄家老小听见喊声，都吓慌了。狄仁杰的父亲狄太公连忙率领家人一起出来查看。果然看见一具男尸匍匐在门槛上面。大门外，还有一摊血渍和一把带血的牛耳尖刀。

"快看看这是什么人被杀了？你们认得不？"狄太公命令管家张顺道。张顺俯下身子，把尸体翻过来一看，大吃一惊。连忙禀告说：

"啊，太公，这是家人陈安。"

"噢？他怎么会死在门外？昨天晚上他没有在府内吗？"狄太公自言自语道。他沉吟了一下，又命令道："快，快去报案！所有家人未经许可，不得擅自出府。"

不到两个时辰，一名官员带着验尸的仵作来了。他们一边验尸，一边询问陈安的情况。狄太公把知道的都告诉给官员。家人们则争先恐后地表白自己跟陈安的死无关。

验尸结束了，结论是陈安被尖刀刺进内脏，血流过多而死；被杀的时间还不太久。官员把情况记录下来，准备离开。可是，他突然问狄太公："昨天夜里你们一家可都没出去过？"

"是没出去，全在家里。"狄太公回答说。

"公子现在在哪儿？"

"还在书房。"

"真是岂有此理！家里出了这么大的事，他居然还坐得住！能否让我去看看？"官员一副不相信的神情，一边说，一边要往书房走去。

狄太公说："你要去见他当然可以，我这就带你去。不过，他还是个娃娃，你不要拿人命关天的案子吓唬他。"说完，就领着官员去见狄仁杰。

到了书房门口，就听见里面还是书声琅琅。官员猛地推开房门，呵斥道："你这娃娃，真是迂腐透顶！家里出了人命案子，你却这般心闲。"

狄仁杰依然手捧书本，听见这吼声，把头转过来，白了官员一眼，大模大样地回答说："比芝麻粒儿还小的官儿，口气倒大得很！既然知道出了人命案，那为什么不去查案子，却来打扰我读书呢？我正与圣贤在书中谈话，哪有工夫和你这种庸俗小吏闲聊！"说完，做出要逐客关门的样子。

官员冷不防碰了这么个钉子，想发作又发作不出来。狄太公见儿子对官员说话无礼，连忙喝道："小娃娃不许胡说！还不快把书放下，回答衙门公爷的问话。"

狄仁杰说："爹爹这话可就不对了！孩儿是'两耳不闻窗外事，一心只读圣贤书'，这有什么不对？他放着案子不去查，却来烦我，而且还出言不逊。怎么能怪我不好呢？"

管家张顺忙站出来打圆场说："公爷不必介意，公子年少气盛，言语冲撞，还请您多多包涵！"又对狄仁杰说："公子有所不知，是家人陈安被人杀死在大门外面，这公爷正是来调查的。"

"啊！是陈安被杀了？爹爹，快去查看一下，家中有什么东西被偷了。"狄仁杰突然有些着急起来。

"小孩子懂什么？还不闭上嘴，到一边去！"狄太公也有些生气了。

"爹爹你不知道，这陈安平时手脚不干净，还犯过偷窃案。这回一定是他作内线，勾结外贼，合伙偷我家钱财。外盗想独吞才把他杀死。"狄仁杰说得蛮有把握，完全不像一个小孩子。

管家张顺对狄太公说："公子说的有道理，陈安的为人，我也知道一点儿。不妨照公子说的，清点一下家里的钱财，或许还能够从中找到一些线索。"说完，又征求官员的意见："公

爷，您看呢?"

狄太公依了他的话，回到自己的上房清点钱物。果然发现丢了一只箱子，里面装有三百两银子和狄家祖传的一对碧玉麒麟，并且还有一些金银首饰。

至此，狄太公和官员才知道狄仁杰判断准确。大家都从内心服了这个年方十四岁的聪颖少年，连忙询问下一步该怎么办?

狄仁杰略一思索，说道:"只要弄清楚陈安平时经常与哪些人来往，再追查那些人近日的行踪，案子就不难破了。"

王二提供线索说:"陈安与西门外住的孙庆财混得最熟。这孙庆财是无业游民，他自称是陈安的同乡。两人相识已有半年多，最近还称兄道弟起来，好像亲热得很。这段时间陈安一有空闲就去他那儿。只是，陈安一般都是白天做完事情后出门，晚上都要回府的。昨天晚上不知什么原因，是晚上出门。这一去，就没回来了。"

那官员立即从狄家告辞，带领几个捕快直奔西门外。但是他们却晚了一步，那孙庆财早已逃之夭夭。捕快们从他屋后的草丛里找到了狄家丢失的那只箱子，里面的钱物自然早已荡然无存。

原来，陈安因一个偶然的机会，发现了狄家上房那只装宝物的箱子，便把这个情况告诉给了孙庆财。于是两人合谋要把它偷到手。陈安偷偷配了上房的钥匙，又摸清了狄太公每天什么时候去上房。昨天晚上，乘狄家无人注意，他打开上房，偷走箱子，交给来接应的孙庆财。得手后，他去孙庆财家里瓜分赃物。却不料这孙庆财竟又起了独吞之心。于是，答应分给他一半银子和宝物，又假装送他回狄府。因时间已晚，大门已关，陈安正不知道怎么办时，一把尖刀已插进了他的胸膛。孙庆财见陈安已死，就又找来一根木棒，将尸体撑着靠在大门上。第二天早上王二开门才发现尸体。

于是官府描影画形，四处通缉孙庆财。几个月以后，法网恢恢，疏而不漏，孙庆财终于落网。经过审讯得知，案情与狄仁杰推测的完全一样。

从此，狄仁杰得到了"神童"的称号。人们称赞他小小年纪便能神断疑案，长大后一定会成为国家的栋梁。并州官府对他也另眼相看，每遇重大案情，就请他帮助侦破。渐渐地，他的名气大起来了，连官府也称他为"狄公"。

二十岁的时候，狄仁杰参加科举考试，一举通过了与进士科相并列的明经科。接着，他在大画家阎立本的推荐下，当上并州的司法官。

当时，阎立本担任皇帝的钦差大臣，他的画是上自皇帝，下到文人学者都十分喜欢的瑰宝。尤其那幅传世名作《步辇图》更使他身价倍增。高宗任命他当了钦差大臣，专门到各地考察人情风物，调查官吏们的行为，发现民间的人才，向朝廷推荐。他来到并州，听说这里有一位德才兼备、威望甚高的"狄公"，就想结识结识他。一见面，才知道这"狄公"还不过是一位少年。交谈中，他发现这少年果然非同凡响，是个人才，就向朝廷竭力推荐。说狄仁杰是"茫茫大海中的一颗明珠"。朝廷于是任命狄仁杰为并州的司法官。不到几年，狄仁杰又被提拔为中央的司法官。在这个职位上，狄仁杰如鱼得水，大展才华。许多疑案、冤案在他的手里迎刃而解。长安城

的老百姓都知道朝廷有一位狄大人，专门决断疑案。刚上任一年，就解决了若干个久决不下的案子。并且，因为处理公正，没有一个不心服口服的。

敢捋龙须

昭陵，唐太宗李世民的坟墓，位于陕西礼泉县东北方的九嵕（音 gōng）山。它距离唐朝的首都长安将近二百里。当年太宗驾崩后，送葬的队伍从长安出发，走了三天才到达这里。这昭陵是太宗皇帝生前自己选定的地点，命令几万名工匠依山凿石，精心修建而成的。花了五年时间，收罗了天下奇石异木才修好它。九嵕山本来就山势险峻，怪石林立，朝廷又从各地运来了许多参天古柏，移栽于陵墓两旁。这使整个昭陵更显得气势宏伟，庄严肃穆，令人感到它凛然不可侵犯。

可是，这里却发生了一件大事。

不久前，朝廷命令两位将军权善才和范怀义率领一队兵士到九嵕山，通知守陵官员作好各种准备。因为再过几天，就是清明节，那时高宗皇帝要亲自前来扫陵和奉祭太宗。

这权、范二将均已五十多岁，曾跟随太宗皇帝远征高丽，护驾有功；后来，又奉高宗皇帝的命令征讨渤海国；还奉命护送藏王回西藏。几十年来，战功显赫。因此他俩都被封为大将军，负责统领禁军，保卫京城。高宗要去什么地方，总是先让二将在前面开路，作些准备，二将总能出色地完成任务。不过他俩也有一个弱点，那就是性子太直，说话没遮拦。因此，有时候也使得高宗不痛快。

权、范二将军率领人马到了九嵕山，传令大家下马，并把马拴在山下，步行上山。一路上，只见古柏参天，十分整齐，二将不禁肃然起敬。可是，快到陵墓前面的时候，他们忽然看见陵前的石梯上横躺着一株柏树，走过去一看，发现这株柏树只有碗口一般粗，比别的柏树细得多。而且，连树根也裸露了出来。原来它是被大风刮倒的。

权将军说："范将军，这棵树躺在这里，不好吧？莫非是天意要咱们搬开它，你说呢？"

"是啊！这棵树倒在这里，谒陵的人怎么过得去？而且它又细又小，杂在别的大树中间也不协调。我看，不如把它砍掉算了。"

于是二将抽出宝刀，只三五几下，就把这棵柏树齐根部砍断了，兵士们忙过来把它抬走。做完了这一切，两位将军才又去找守陵官员，他们没有想到，一场大祸会因此来临。

清明节到了，高宗皇帝率领皇室成员和文武百官前往昭陵。当这支浩浩荡荡的队伍来到陵前时，守陵的官员早已跪在路边迎接。口里说道："启奏万岁，一切都已经准备停当，请万岁进陵祭扫。"

高宗正要进陵，忽然有个小内侍跪倒在他的前面，报告说："启奏万岁爷，大道旁边有一株柏树被人砍走了。"

"啊！这还了得！哪里来的狂徒，胆敢如此大胆！"高宗一听报告，又惊又怒。他急忙走下御辇，前去查看。果然发现了一根树桩，那砍伐痕迹还很新鲜，显然被砍的时间还不久。

于是，高宗问守陵官员："最近几天有什么人来过这里？"

守陵官员回答说："只有三天前权将军和范将军率队来过。"

"那么，这棵柏树是被什么人砍掉的，你知道吗?"

"臣罪该万死!没有守好陵中草木，愧对先帝英灵。不过，我们这些守陵的绝对不敢砍陵园内的树木。恐怕是权、范二位将军砍的。"守陵官员连连磕头，诚惶诚恐地回答。

恰好权、范二将也作为护驾官员再次来到昭陵，跟在护驾队伍的后面。高宗立即传旨，把他们叫来一问，果然是他们砍的。

高宗一气之下，命令随行的羽林军把二将抓起来，然后才率领百官和皇亲匆匆进入陵寝，祭奠太宗的亡灵，并在陵园中栽种新树和打扫陵墓。本来，这是一年一度极其重要的活动。可是由于柏树事件的影响，高宗心里好不窝火，所以，这祭扫的活动就只好匆匆收场了。

回到长安，高宗心里仍不快活，在宫中生了好几天的闷气。他想："父皇生前是一代雄主，何等英明，何等威风!可称得上是'海内咸服，四方来归'。可是如今却有人胆敢砍伐陵柏，这不仅是侮辱先帝，也是小看了我呀!"他越想越气，也不管二将原来立过多大的功劳，以及是否有意砍树，就随手提笔拟了一道诏书：

　　先帝陵寝，乃是国家最为神圣庄严的地方。它的一草一木，文武百官和黎民百姓都应该加以爱护，岂能随意破坏?今有权善才、范怀义二人，身为大将，却胆敢不遵守国家法律，擅自砍伐陵柏，亵渎了先帝在天圣灵，辜负了我的信任，并且开了随意损坏圣地的恶例，实在不能饶恕，特诏命将权、范二人斩首，以正国法。钦此。

第二天上朝，高宗命令内侍把这个诏书向文武百官当众宣读，打算马上处死二将。

群臣听完诏书，一个个面面相觑。他们不敢违抗皇帝的命令，又为二将因为砍伐一棵柏树送命而感到惋惜。再说对于这昭陵，谁人不肃然起敬呢？

权、范二将早已被绑得结结实实，跪在殿前。听到高宗传旨要杀死他们，两人面色铁青。但是又不敢为自己辩解，只好无可奈何地摇摇头，等着死神的降临。

正在这时，殿前闪出一人，跪在高宗面前启奏："臣请万岁免去权、范二将的死罪。"

高宗一看，又是这个多嘴的司法官。心里的气就不打一处来。心想，在这种情况下居然还有人为他们求情，把我皇帝的威严摆在哪里去了！心里这么想，脸就越绷越紧，脸色铁青。群臣一见皇帝动了真气，就吓得大气也不敢出了，有几个本来想替二将求情，现在也闭上嘴不敢开口了。

只听高宗说道："你狄仁杰竟敢为逆臣求情，真是岂有此理！他二人破坏先帝陵寝，不仅是对先帝不忠，而且是要陷我于不孝，实在是大逆不道之罪啊！现在我只杀他们本人，并不株连其亲族，已经是够宽大的了。要是不重重惩罚、杀一儆百，就难以维护皇陵的威严。所以，要我赦免他们，办不到！"说着，还是一脸怒气未息的样子。

"请万岁听完臣的话，再作决定不迟。"狄仁杰镇定自若，面不改色。

"那好，你且讲罢！"

"臣请万岁免去二将的死罪，有两条理由。首先，他们所犯的过失不是死罪，按我们大唐的法律规定，不能判处死刑。其次，应该先弄清他们为什么要砍伐陵柏，而后才能定罪。如果误砍，应当无罪释放；就算是有意砍伐，也只应判处削职和流放，而不应当定成死罪。

"而且，这类事情在历史上也不是没有先例。汉朝时候，有人偷窃高祖庙里御座前的玉环，被抓住；汉文帝一气之下传旨诛灭窃贼的九族。廷尉张释之马上站出来和文帝争论，说：'这个窃贼犯了死罪，按大汉律令应当斩首示众，但却不应灭族。如有某个不知利害的老百姓抓了一把高祖长陵的泥土，您又该如何惩罚他呢？'结果，文帝听从了张释之的劝谏，只杀了窃贼本人，饶了他的亲族。汉朝尚且能做到这样，那么我们堂堂大唐，法制完备的国家，难道还能不依法定罪量刑吗？如果不是犯死罪，而又被处死，那么我们大唐的法律还有什么用？请万岁三思！"

狄仁杰说得句句在理。高宗虽然还是怒气未消，却也冷静了不少。在心底，他还是想做一个有为的君主。他想：那汉文帝知人善任，有错就改，所以才成了英明的皇帝；自己难道还不如汉文帝吗？想到这里，他也就不再像刚才那样固执了。于是，他离开龙座，下殿来亲自询问二将为什么要砍伐陵柏。

权、范二将看到了一线生机，顿时激动起来。听见高宗询问，便将当日在陵前见柏树被风刮倒，因觉得这棵柏树比别的柏树细，重新栽在那儿已太不协调，所以就自作主张，把它砍了。却不知道这会触犯法律，使皇上震怒……——告诉给高宗。

守陵官员也证实说，那几天的确刮过大风。并且，从已经翻出来的树兜看，也说明此树在被砍之前已经被风刮倒。因为清明节那天皇上生气，所以不敢多嘴。

狄仁杰又奏道："这事臣主管的司法机关也调查过，查明的情况与他们所说的完全一样，完全是误砍了那棵柏树。他们的本意原是崇敬太宗皇帝，而且并不知道这样是犯了王法。由此看来，就更不应该定为死罪了。假如万岁您因为皇陵上少了一株柏树，就要杀掉两员功勋卓著的大将，那天下人会怎样想？后世人又会怎样议论万岁您呢？如果您现在还要处死他们的话，那么臣愿意代他们受死！"

高宗的脸色渐渐平和起来。大臣中有几个人见皇帝有松动的意思，于是也为二将求情。这也是为了让高宗有个台阶好下。

"既然群臣保他们，他们又是出于好心而犯罪的，那么我就免去他们的死罪。该如何处治，司法官依照法律决定吧。"

权、范二将绝处逢生，好不激动！面临死亡他们从未害怕过；现在从鬼门关走回来，他们却禁不住老泪纵横了。

狄仁杰这种严格依法办事、敢于直谏的精神感动了高宗。高宗皇帝不久又提拔他当了近臣（当时叫"侍御史"）。

知法不知君

京城长安有一劣迹昭彰的王国舅，名叫王本立。他仗着妹子是高宗皇帝的宠妃，便有恃无恐，任意胡作非为。诸如杀人越货、奸淫妇女、包揽词讼、欺压地方官等，他都干过；至于嫖娼赌钱、偷盗抢劫之类的小罪恶，更是不在话下。不仅如此，王本立还摸清了高宗皇帝的风流习性，知道他喜好猎色，就千方百计地在民间为他选美。凡有女人住的地方都有王国舅的爪牙，一般城市乡村不用说，甚至连尼姑庵和梨园妓院也有他们的踪迹。他借着给皇帝选美的机会，把许多青年女子抢到府里，以满足自己的兽欲。因此，这王国舅更加受到高宗的喜欢。这个不读诗书、胸无点墨又不务正业的浪荡儿，竟然被委以重职！这下子，给老百姓造成的祸害就可想而知了。长安街上的人们只要一听见"国舅爷到"之类的话，就都吓得像小鬼见了阎王，个个争先恐后地逃避。

有一天傍晚，狄仁杰穿着一身老百姓的衣服，只身一人来到京城西边一带察访民情。他走到一条小巷时，忽然听到阵阵哭声传来，十分凄惨。看来，这里有户人家正在办丧事。

他想去看个究竟，就循着哭声来到这家的门口。这是一间低矮的草屋，从半开的门往里看，几乎没有什么家什，一股湿霉的味儿扑鼻而来。这些景象表明，主人十分贫穷。

狄仁杰轻轻把门推开，见屋子中央摆放着一副薄薄的棺材。棺前的桌上，放着一盏菜油灯，一根灯草在屋子里忽明忽暗地闪烁着微弱的光。一位老妇人正抚着棺材失声痛哭，她的旁边有几个妇人在劝解。在屋子的一个角落坐着一位老汉，他满脸皱纹，衣着褴褛，一声不吭，耷拉着脑袋，不知在想些什么。

狄仁杰慢慢走进屋里，屋子里的人都没发现他进来。他走到棺材旁边，向老妇人拱手一揖，问道："请问婆婆，家里什么人去世了？"

那老妇人见有人问，哭得更加伤心，也不回答狄仁杰的问话。旁边的一个妇女帮她回答说："是她儿子死了。唉，死得真冤哪！"

"哦，请问这家公子是因为什么原因死去的？"

"客官休问，问也没用。这事你管不了的，不要说你不像官老爷，就是官老爷，也惹不起他啊！"

"那又是为了什么？"

"她儿子是被王国舅打死的。"

"原来是这样，那么此事我就不得不管了。"

"你是——"

"我是狄仁杰。"

"唉呀！原来是狄大人来啦！狄青天啊，求您为我们这些小老百姓做主吧！我儿子死得好冤枉啊！"那老妇人和老汉一齐跪倒在狄仁杰的面前，一边哭，一边喊。

另外几个妇女也赶紧跪下，慌慌张张地说："不知大人光临，我们这些民妇粗鲁无礼，说话不懂规矩，望大人恕罪！"

"快快请起。"狄仁杰连声说道。一边扶起老两口，自己也找了条板凳坐下。

于是，老两口向狄仁杰诉说了儿子冤死的经过。

原来，就在两天前，老汉和儿子担着菜一起去菜市卖。刚走到一条大街，突然遇到一队人马直冲过来，马上的人挥舞着皮鞭，见人就打。街上的行人纷纷躲避。老汉和儿子也赶忙往街边躲。可是，老汉身挑菜担，躲避不及，还是被重重的一鞭打倒在地。儿子见父亲跌倒，眼看就要被马踩着，急忙跑过去扶起父亲，往旁边躲。可是又慢了一步，父子俩又挨了好几鞭子。儿子一边拉父亲，一边大声喊叫："你们为什么随便打人？还有没有王法？"

正在这时，一顶八人抬的大轿迎面而来。轿子四周是前呼后拥的奴仆。奴仆们个个像凶神恶煞，他们手执棍棒，耀武扬威地大声吆喝："闪开，快闪开，国舅爷驾到！"

那老汉的儿子是个不知利害的愣头后生，他不顾奴仆们棍棒乱打，直往轿子跟前冲去。一把扯住轿子，哭喊道："国舅大人为小民做主！您的家仆随便乱打人，您快管管他们哪！"

从轿子里伸出个肥大的脑袋，傲慢地喝道："你是从哪儿来的刁徒，竟敢扯住俺的轿子不放？"这王国舅一说话，就反咬人家一口。

"国舅大人，是您的家仆骑着马横冲直撞，又用鞭子把小民父亲打伤。所以小民这才来求您的呀！"

"混账！你爹活了几十岁，却连让路也没学会，打了岂不是活该！再说，老东西挨了打，不去找打他的人评理，却让你这毛小子来找俺的晦气。你以为俺是好欺负的吗？俺的轿子是可以随便拉扯的吗？来呀，给我好好打打这不知天高地厚的浑小子！"

家奴们一拥而上，拳脚、棍棒、鞭子朝这后生劈头盖脑地打来。只听见连声惨叫，这后生连神都没有回过来，就被这群恶狼般的家奴活活打死在轿子跟前。可怜他为讲理而来，却这样含冤而死。老汉见儿子去拦轿子，知道不妙，自己年老体弱，阻拦不及；接着又看见家奴们往死里打儿子，更是心急如焚，几次想去把儿子拉走，可都被家奴们打了回去。他眼睁睁地看见儿子被活活打死的场面，自己却无能为力，不禁急怒攻心，"哇"地一声，口里喷出一股鲜血，胸口一闷，便不省人事了。

王国舅一边看后生挨打，一边喊："打得好，就这样往死里打！"等到后生被打死，他的脸上才现出满意的神色，吩咐起轿。还对着后生的尸体唾了一口："呸！这就是你这浑小子找俺晦气的下场，这下，你到阎王爷那儿去讲理吧！我倒要看看，今后还有谁敢来自找苦吃！"说着，一挥手，家奴们簇拥着轿子，踩着后生的尸体，扬长而去。

这后生挨打的时候，街上的人纷纷逃避，谁还敢去管这闲事呢？直到王国舅率领家奴走远以后，人们才又重新来到这条街上。他们用姜汤救醒了老汉，又找人把后生的尸体抬回家。可怜这后生，浑身上下是体无完肤，头肿得像笆斗那样大，脸被打得稀烂，已无法辨认出本来面目。真是惨不忍睹！

在家里的母亲更没想到，爷儿俩早上出门时好好的，才不过半天的工夫，却被人抬回来，一个死，一个伤。而且，儿子死得这样惨，更使她心里比刀子割还难受百倍。她哭呀，直哭得昏死了好几次，哭得声音嘶哑，眼泪都快流干了。

老两口也想上告官府，可是谁都知道王国舅在京城里一手

遮天，凶焰万丈。街坊邻居没人敢帮他们写状子，都劝他们忍下这口气。如果打官司，不但告不倒王国舅，反而连自己的老命也难保了。所以，老两口只好忍气吞声，为儿子买了一口薄棺，准备安葬。

这老两口就这一个儿子，现在白白地送了命，他们唯一的希望就这样断送掉了。现在，他们还完全沉浸在丧子的巨大悲痛之中，还来不及去考虑自己的后路。老年丧子，中年丧偶，幼年丧父，被认为是人生的三大悲剧。这对老夫妇的悲痛就可想而知了。这飞来横祸降临后，他们往后的日子真不知该怎样过了！

狄仁杰听完老两口的叙述，不禁义愤填膺，怒发冲冠。恨声说道："清平世界，堂堂京城，竟有这样的事发生！那王本立仗势欺人，如此草菅人命，不依法惩办他，为民除害，我狄仁杰誓不为人！"

老汉连连叩头说："小民全靠着青天大老爷做主！不过，人家都说官府也惹不起王国舅，您能扳倒他吗？"话语之中，不无担心。

"老丈放心，俗话说：'魔高一尺，道高一丈！'我大唐号称盛世，当今天子非常圣明，国家有明文规定的法律。我就不信一个国舅能胜过王法！"狄仁杰充满自信地说。

接着，他命人找来本街的仵作为后生验尸，又亲自查看老汉身上的鞭伤。然后，叮嘱老两口尽快请人写好状子，直接呈送到最高法院（当时称为"大理寺"）。临走时，又从身上取出一锭银子送给老两口后，才告辞回家。

第二天，狄仁杰又亲自到后生被打死的那条街调查取证。

那天在现场的目击者起初不敢提供情况，后来听说是狄大人亲自过问这件事，才一五一十地讲了那天的情景。经过调查，还掌握了王国舅的其他罪证。

几天以后，狄仁杰上朝，向高宗报告了王本立纵奴行凶，草菅人命，强占民宅，奸淫民女等罪行。要求高宗罢免他的官职，取消他国舅的特权，把他交给司法部门依法惩办。

高宗听后，吃了一惊，问道："你说的这些可有凭证吗？"

"有，受害的百姓有状子呈递，臣也调查过，王本立的确是劣迹昭彰啊！"

"这……"高宗一时无言以对。因为他不想惩办小舅子，但又不知如何搪塞住狄仁杰。

这时，一个大臣出来为高宗打圆场，说："依臣所见，这件事关系重大，还应该进一步调查，才好做出处理。"这是宰相张光辅。他这么一说，马上就有好几个大臣附和他。

高宗正在左右为难的时候，听到张光辅的话，正中下怀。于是，不等狄仁杰再奏，立即宣布："王本立之事，今天暂且不议。等我派人调查后，再行处理不迟。大家如别无他事要上奏，那今天就退朝了。"

退朝后，一些依附于王国舅的官吏马上向他报告了这事。王本立虽然狂妄自大，仗着是皇亲国戚，不把别人放在眼里。但听说是狄仁杰告他，就不敢不多一个心眼儿。他深知狄仁杰不惧权贵，有一种专找恶人碰、敢于虎口拔牙的个性。而且，自从他主管了司法机关，就灭了好多权贵的威风，惩办了不少大官。如果自己不小心真的落在他的手里，那还真有性命之忧哪！因此，王本立也不免惧怕他几分。

回到家中，王本立急忙把平时巧取豪夺的宝贝拿出不少，派人进宫找妹子王妃。要她在枕边向高宗多吹些风，把他的事儿化解。

这王妃年轻貌美，又很能体会高宗的心思，因此，深得高宗的宠爱。现在，她知道自己的哥哥出了事，哪能不尽力相救呢？

晚上，高宗仍旧来到她的屋里寻欢。王妃曲意奉承，做出种种撩人媚态，把个皇帝弄得汗流浃背、骨软体酸。完事后，她又装出一副楚楚可怜的样子，柔声细语地说："我能够得万岁的如此宠爱，是我们王家几代修来的福分哪！但是，我担心过不了几天，就不能再侍奉您了！"

"你怎么说出这样的话来！有我做主，谁敢把我的心肝宝贝怎样？"高宗搂住她，体贴地说道。

"我听说有人正在算计我的哥哥，说他依仗我的势力，在外面横行霸道。这实际上是想要把我赶出后宫呀！其实，哥哥在外面的确有些不检点的地方，这我也知道。但是他总还算是个皇亲吧。不看僧面看佛面，总不能让人'打狗欺主'啊!"王妃说着，就抽泣起来。

"唉！你那哥哥也的确太不像话了！这不，司法部门还真把他告了，列举了他好多罪行，如草菅人命、抢夺百姓钱财和美女等。不过，爱妃放心，他们的报告我还搁在一边哩。"

"请万岁看在这些年奴家殷勤侍候的情分上，就饶了他这一次，他毕竟是我的哥哥呀。这是我唯一的请求了。我即使死了，九泉之下也会铭记万岁所赐给我的宠爱。"说完，泪如泉涌，一副生离死别的样子。此情此景，就是铁石心肠，也会被感化。这就是女人的眼泪，女人的力量。高宗见她这副模样，不由得产生了千种柔情，万分怜爱。连忙对她说道："你放心，这事有我做主，决不会把你哥哥怎么样的。不过，你也要告诫他，往后还是收敛些为好。"

"奴家多谢万岁圣恩，愿我皇万岁、万岁、万万岁！"王妃连忙跪下谢恩，又趁高宗来搀扶她，就势倒在他的怀里。

又过了几天，到了上朝的日子。高宗传下旨意，说王本立确实犯了过失，但也没有检举的那么严重；加上他也是朝廷的大臣，为国家做过一些好事。现在正是用人之秋，不能因为犯了一些过错就把有功的大臣交付司法机关审判。所以，命令他在家闭门反省，十天不许出门。

王本立的弥天大罪就这样被高宗轻描淡写地一笔带过；他在光天化日之下杀了人却没受到任何惩罚。这个高宗皇帝真可以说是糊涂之至了！

大臣们听完诏书，心里觉得这道圣旨未免太荒唐了。可是，绝大多数人仍然表示同意，口称"遵旨"，便不再作声。少数大臣没有说什么，他们不赞成这样处理王本立，但是又不敢提出反对意见。

狄仁杰越众而出，奏道："请万岁原谅我说话直率。在我看来，我大唐自高祖创业，太宗一统天下以来，由皇帝下诏书来包庇一个罪犯，还只有您这一次！我真为您这种做法感到惋惜。您以其所谓'功劳'掩饰其罪恶；以缺乏贤臣为名，挽留奸臣；您用自己的一句话就轻率地取消了国家明文规定的法律。这会让天下耻笑的呀！京城里流传着'王本立不死，长安城不宁''除掉王国舅，国运才长久'的民谣，朝廷并不是不

知道。王本立明明已是京城的大害，如果这样包庇他，老百姓会对万岁您失望的，那才是真正可怕呀！所以，臣请万岁收回成命。否则，就请万岁撤销我的职务，省得再有人像我这样在您面前多嘴。"

高宗显得很不高兴，他问："依你要怎样处理王本立？"

"把他交给司法部门，按法律治罪。"狄仁杰理直气壮地回答。

御史台的几个官员也出列跪下，表示支持狄仁杰的意见。他们说："王本立民愤太大，早已不配做官。这样的恶棍如果还让他留任，那么天下就没有太平可言了。而且，犯法的官吏告不倒，那么御史台就等于空设了。还要我们这些老朽干什么？因此，我们也愿意以乌纱帽为代价，要求严惩王本立。"

而那些只知道奉承皇帝的大臣虽然想为皇帝打圆场，但是他们也都知道王本立作恶太多，在外面名声太差，所以也不好意思为他辩护。

高宗见狄仁杰和一些大臣不同意自己的诏书，还以辞官相挟，不禁龙颜大怒。他气咻咻地吼道："我贵为天子，难道说话还算不了数吗？你们既然都是臣下，难道可以不听君命吗？"

狄仁杰面不改色，回答说："万岁息怒！臣冒犯了您，实在该死！但是臣还是要把话讲清楚。先帝太宗健在之时，海内清平，国泰民安，四方咸服。其重要原因就在于他老人家能大度容人，善于听取不同的意见。真正做到了近君子，远小人，身边有魏征、房玄龄、杜如晦这样的名臣。这一点，您该好好继承啊！作为皇上，您的旨意下面固然不敢违抗，可是我们大唐是有法制的国家呀！在处理罪犯的时候，臣只知有成法，不知有君命！这样做，虽冒犯了您却也是为了您，为了大唐啊！臣请万岁三思。"

高宗听了狄仁杰这番话，心里极为矛盾。他想学太宗，成为一个大有作为的皇帝，这是他的志向。可是他又老学不像，因此时常表现出自己的毛病。他知道从国法、情理、民心而言，王本立都是非杀不可的，可是，要杀了他，就失去了王妃；高宗离不开王妃，对王本立也就爱屋及乌，另眼相看了。加之，王本立为自己提供了那么多的绝色女子。一旦没有了他，自己的风流韵事将会受到影响。但是，眼前的情况是，要么割爱，把王本立交付法庭审判；要么坚持保他，那将失去狄仁杰为首的一批正直能干的大臣。

贪恋女色是高宗的主要毛病，容易受迷惑而做出糊涂决定。而一旦清醒，他往往又会为自己的糊涂后悔。听了狄仁杰苦口婆心的劝谏，经过激烈的思想斗争，权衡了利弊以后，他终于清醒起来。于是，说道："既然大家对这件事的处理还有异议，那么就暂不执行本诏书吧。"

退朝后，他下决心割爱，回宫后破天荒第一次没去皇后和妃子那儿，而是独自一人，静静思索。终于在第二天，他又下了一道诏书，宣布革去王本立的所有官职，交大理寺审判。

这个新诏书一公布，长安城一片欢呼，广大百姓对此无不额手称庆。他们希望大理寺能继续主持公道，尽快除掉王本立这个恶霸。

狄仁杰接到诏书，立即率羽林军去抓王本立。王本立正想逃跑，刚出府门，就被羽林军候个正着。王家的奴仆正想反抗，却哪里敌得过训练有素的羽林军！只三两个回合就被打得

狼奔鼠窜了。

王本立被捉拿归案后，依然态度狂傲。他自以为是皇亲，有高宗和王妃替他撑腰。高宗撤去他的职务，把他交给大理寺，也只是为了搪塞舆论，做做样子而已，谅这些官员也不敢把他怎样。所以在法庭上，他满不在乎，对指控他的所有罪状，他都供认不讳，还说："凭我这样的国舅爷，杀个把人，玩几个女人，算得了什么？官府又能把我怎样？趁早放了我，出去了我不难为你们；否则，惹得老子性起，你们堂上的鸟官一个也活不成！"

狄仁杰录下王本立的口供，又找来证人，把他的罪行一一核实清楚。然后让王本立在口供上画押，王本立这下才傻了眼。他知道，一旦画了押，那就什么都完了。他想等待高宗救他，他不想画押，他不想死，他不想结束那种放荡不羁、无拘无束的生活。可是，铁证如山，他赖也赖不掉。狄仁杰出示了那后生的验尸结果，又把抓到的王府奴仆带上法庭。王本立不得不耷拉下脑袋。昔日不可一世的神态已被抛到九霄云外。

狄仁杰宣读判决书：

> 罪犯王本立，原系无赖之徒。幸遇皇恩浩荡，跻身大臣之列。该犯不思报效国家，反而自恃皇亲，任意作恶，杀人害命，抢劫财物，奸淫妇女。近日又在光天化日之下，平白无故将无辜百姓活活打死，实属罪大恶极。致使京城陷入一片恐怖之中，广大百姓有冤无处申。该犯归案后仍态度恶劣，威胁官员，咆哮公堂，目无王法，根据大唐律令，判处王犯斩首，财

产没收……

王本立听了判决，一下子瘫软在地。他知道，自己的末日到了。过去的一切，荣华富贵、醉生梦死，都已化作过眼烟云，等待他的，将是一把无情的利刀！终于，他号啕大哭起来，一边哭，一边喊："不，我不要死……"是害怕，还是后悔？这，此刻只有他自己知道了。

老两口终于为儿子报了仇，官府又把没收的王家的一部分财产拨给他们，使他们老有所养。面对狄仁杰，老两口再次流下了感激的泪水。

京城的百姓知道了恶贯满盈的王国舅被依法处死的消息，家家燃放鞭炮，人们像过节一样的高兴。

而那些皇亲国戚的纨绔子弟，也被这件事吓得像丧家犬。连王国舅都被杀了，谁还敢不收敛些？因此，京城的百姓又过了好长一段时间的安稳日子。狄仁杰在百姓心中是救星、是青天、是靠山；而在贪官污吏、不法权贵的眼里，却是阎王、是克星、是眼中钉！在这些坏人中间，互相赌咒发誓的话竟然是：

谁要欺了心，出门便遇狄怀英！
哪个要缺德，做事就撞狄仁杰！

至于高宗皇帝，好不容易下决心除掉了王本立，对王妃自然就疏远了。他重理朝纲，振作了一段时间。这期间，倒也国泰民安，人们安居乐业。可是，他好色的老毛病总也改不了。宫中的嫔妃不称他的心，他就自己在外面找。后来，终于在一

座庙里遇上了已经出家修行的武才人。他不顾她曾是先帝的嫔妃，也不顾大臣们的强烈反对，把她接进宫去。从此，他效法太宗做个有为君主的梦破灭了。对武才人，他言听计从，最后连江山也送给了她。

治理豫州

豫州，位于今天的豫东皖西，从来都是乱多于治的地方。这里土地贫瘠，人口众多，黄河经常泛滥成灾，一淹就是数县甚至数十县。加上这里总是兵连祸结，百姓们无法安身立命。有的离乡背井，逃亡异乡；有的坐以待毙，打发时日；更有的落草上山，打家劫舍。加之前些年太宗皇帝征高丽失败，许多人不敢回军队，又不敢回家乡，便到处流窜，见这豫州不易被剿捕，就集零为整，啸聚山林，也成为绿林强盗。这样一来，豫州就成了全国最难治理的地方。做官的宁肯降一级到别处，也不愿升一级调往豫州。

新任豫州刺史（刺史是一个州的最高行政长官）狄仁杰正行走在赴任的途中。他只带着几个随从由长安出发，向千里迢迢的任所进发。已走了半月之久，眼看不久就可以到达目的地了。

这天傍晚，狄刺史一行来到一座小镇。这里地处山区，显得十分偏僻。小镇上冷冷清清，远不如他们沿途走过的那些市镇热闹。不仅行人稀少，而且许多人户看上去也没有人住在里面，而是一把铁将军（锁）把守着大门。狄刺史感到诧异。他们一行赶了一天路，已是人马疲乏，必须找个客店住下。狄刺史脱下官服，换上便装，扮成一个客商模样。好不容易在镇子中心找到一家客店，却也是大门紧闭的。狄刺史来客店门口，看见店内隐约闪着微弱的灯光，知道有人，就命随从敲门。可刚一敲门，里面的灯反倒灭了，也不见有人答应。狄刺史知道是店主害怕，便在门外大声说："店主别怕，我们是过路的客商，前来投宿的，请开开门。"

又过了好久，里面才响起了脚步声，接着灯也亮了。脚步声到了门口停下，门却没有开，门里面响起苍老的问话："你们真是过路客商吗？""不会有假的，请店主放心。"狄刺史温和地回答。

"那请进来吧！"说完，门也"吱呀"一声开了。门里面站着一个五六十岁的老汉，手里拿着灯，满脸惊疑之色。他把狄刺史一行带进店内，又问："客官好大的胆子，难道对我们这儿的情况一无所知么？"

"不知这里出了什么事，还请老丈明告！"狄仁杰有意要问明情况。

店主说："我们这一带的老百姓本来都很善良，人人安居乐业。但是最近几年，年景不好，粮食无收，这就使得风气大变了。加上一些从前线逃回的军士占据了离这里不远的鸡公山，专门干些没本钱的买卖。所以过往客商都不敢从这儿经过了。我这客店也好久没人来投宿。所以刚才你们敲门，我还以为是鸡公山的强人来了哩。"

"哦，这些强人还下山打劫人家吗？"

"可不是吗？周围百十里地，有钱人都跑光了。"

"难道官府就看着不管吗？"

"管是管，还发兵剿捕过几次。可是却越剿匪患越凶，越捕强盗越多。现在连官兵也不敢来了。听说刺史张大人就是因为剿捕无力才被调走的；还听说新任刺史大人是京城里有名的'狄青天'。他老人家早点来就好了。"店主停了停，又问："还不知你们几位客官要去哪里？"

狄仁杰回答说："我们是贩布的商人，正打算前往豫州做笔买卖，还必须经过鸡公山呢。"

"那你们可万万去不得！不久前张大人派兵捉了几个强盗，激怒了山上的强盗。他们扬言，官府如不放人，他们就要下山攻城掠府，对周围的百姓也要不客气了！这一来，百姓们慌了神，纷纷逃走，连一些官员也跑了。我这小店怕也开不了几天了。"店主急忙劝道。

狄仁杰谢过店主，进客房歇息。当夜无话。

第二天吃过早饭，狄仁杰一行离开小店。店主又苦苦劝阻，狄刺史并不理会，仍向鸡公山进发。一路上果然看不到什么行人，只是偶尔遇见几个上山砍柴的樵夫。这些樵夫脸上倒像没事一样，他们见狄仁杰一行都是客商打扮，倒显得诧异。狄仁杰问一个樵夫："大哥，听说前面这山上有强人出没，是真的吗？"

樵夫回答说："是呵，有上万人哩。"

"既然这样，那大哥上山砍柴，就不怕出事么？"

"强人行劫，是对那些有钱的客商和官府里的人。我们这些樵夫，身无分文，他劫我干嘛！不瞒客官说，有时候在山上遇见，他们还周济我们几文酒钱哩。倒是你们几位，不像平民模样，最好还是别去那儿啊！"

"多谢大哥提醒。我们也不是有钱人，从这山上经过，大概不会有什么危险。"

正午时分，狄仁杰一行来到鸡公山脚下。纵目望去，见这山虽不算太高，却也十分险峻。到处怪石兀立，茂林深草，真是个强人出没的好地方！他们歇下脚来，啃了些干粮充饥，然后又上了路。

走到山腰，山路更加狭窄，山路两旁，草深没顶，一有风吹，便发出飒飒的声音，叫人听了毛骨悚然。那几个随从被吓唬住了，浑身发抖，连连呼叫："狄大人，这里太危险了，我们还是下山另寻道路吧！"

"哈哈哈哈！……"狄仁杰放声大笑。他笑这几个随从如此胆小，连强盗影子还没发现就已经被吓破了胆，要打退堂鼓。接着又安慰他们说："你们不用害怕，我保你们平平安安地过这座山。"

正在这时，忽然听到一声断喝，犹如平地里响起一个惊雷："那几个过路的客商，要命的就把钱物放下，饶你们下山！"

声音起处，一伙强人从路边的草丛中跳了出来。约有二三十人，个个脸上抹着锅底烟灰，满脸漆黑，身上都穿着又旧又破的军服，手里拿着棍棒刀枪。

几个随从吓得跪在地上，连叫"饶命"！就要扔下包裹逃命，狄仁杰连忙喝住。只见他迎着强盗，毫无惧色，大声说道："瞧你们这身打扮，好像还是大唐军士。为什么不去保国安民，却反而来当山大王，祸害黎民百姓，本官真替你们

脸红！"

领头的强盗打断狄仁杰的话，厉声喝问："你是什么鸟官？竟敢以这种口气同爷爷们说话，想必是活得不耐烦了。来呀，把这厮给我砍啰！"

几个喽啰提着刀就要来砍，狄仁杰面不改色，把手一挡，说道："且慢，等本官把话说明了，你们再动手不迟。本官就是新任豫州刺史狄仁杰，现在正要赶赴任所。听说这鸡公山有强盗打劫行人，特来察访。今天果然遇见你们。"

事情突然发生了戏剧性的变化！那些强盗一听"狄仁杰"三个字，愣了一下，便都扔下刀，"扑通，扑通"一齐跪下，纳头便拜。领头的强盗诚惶诚恐地说道："原来是狄大人驾临，小人们冒犯您的大驾，实在该死！"

这是怎么回事？原来，狄仁杰的名声，早已远播四方。尤其是他在京城当司法长官的时候，一年之内断清上万件疑案，使无数沉冤得以昭雪。他不畏权贵，体恤下情，清正廉洁，赏罚严明，更为广大群众所称颂。

这些强盗本来也都是良民和士兵，迫不得已才走上这条道路。前任豫州刺史张大人对他们不问青红皂白痛加围剿，官兵们为了冒功请奖，把老百姓也杀了。逼得他们只好跟官府对着干。后来听说朝廷派狄仁杰接任刺史，而狄大人不仅名声好，而且主张安抚，反对围剿，更使这些强盗感激不已。这山上的大王传下号令，如遇上狄大人，就一定要把他请上山寨，向他诉说原委，求他给大家指出一条生路。因此，当奉命拦路抢劫客商的喽啰们知道是狄刺史来了时，就马上拜伏在地了。

狄刺史上前一一扶起这些喽啰，安抚他们说："本官知道你们是被逼上山的，而且只劫财，不害命，虽然犯了王法，却也情有可原。现在请你们带我上山寨，本官要见你们的首领。"

"我们大王也正盼着您的大驾哩，请跟我们来。"喽啰们一边说，一边带路。

不一会儿，就到了山寨。早有喽啰在前面通报大王。这大王便率领手下主要帮手出寨相迎。进寨以后，分宾主坐下。大王说："小喽啰们不知狄大人驾到，多有冒犯，请您饶恕！"

狄仁杰摆摆手，说："不必客气。本官想知道，你们身为国家的军士，为什么不去为国效命，却来这鸡公山落草为寇？"

大王回答说："请大人听我解释，我们山上共有数千人，多数是军士，少数是志愿前来投奔的农民，而且好多人还随先帝征讨过高丽。高丽国家虽小，但怎么也打不下来。将官们临阵退缩，事后却诬蔑我们违抗命令，怕死不往前冲，朝廷不分青红皂白，就要一律处斩，我们只好逃跑。我们既不能投奔军队，又不能回家乡，万般无奈，只好铤而走险，到这鸡公山占山为王，倒也快活！"

狄仁杰说："既然如此，如果官府不再围剿你们，并保证不杀你们，那么，你们就该弃恶从善了吧！"

"那是当然，我们也早不想干这种危险的勾当了。如果大人开恩，我们一定听命于您，万死不辞！"

当天，狄仁杰谢绝了大王为他举行的宴席，离开鸡公山，继续前行。又走了几天，终于，到达了豫州任所。

狄刺史一上任，接连颁布了几道减轻百姓困难的法令。免除了当年和第二年的田赋和徭役；招募逃亡在外的人回乡耕种，由官府发放补贴；鼓励百姓开垦荒地；免除贫苦农民所欠

的地租和高利贷。

接着，他又释放了官府捉拿到的强盗，并发给盘缠，命令他们回到家乡，务农为生。并张贴出布告，宣布鸡公山的强盗只要下山，不再聚众祸害百姓，官府一概既往不咎；有家小的回家务农，官府资助路费；无家可归的，可就在豫州开荒耕种，官府也发给补助；愿意回军队的，官府愿意申报朝廷，使其及时归队。但如果仍然执迷不悟，还要干这种伤天害理的强盗行径，那么，官军就要痛剿，务必肃清匪情，决不轻饶。

这些法令受到豫州百姓的拥护，逃亡的百姓纷纷回到家乡。在狄刺史的带领下，克服困难，重建家园。很快，豫州所管辖的数十县，重新恢复了生气。

鸡公山上的强盗们知道狄刺史的布告后，一齐烧了山寨，带上抢劫得到的财物，并互相绑住手，来到州衙，向狄刺史请罪。狄刺史一一加以抚慰，又拿出银两，赏给他们作为路费。可是，只有几人拜领而去。大多数强盗都不肯接受。他们说："小人们的性命是大人赐给的，就让人们留在大人身边效力吧！"有的说："小人们的家乡不在豫州，回了家乡也保不住性命，所以愿跟随大人身边，立功赎罪。"

狄刺史答应，又勉励了他们一番，把这数百人拨往各军营听候调用。这些当了几年强盗的人重新穿上军装后，对狄刺史更加感激万分。

豫州匪患，曾是让朝廷十分头疼的问题，官兵发兵剿了几年也无济于事。但是，在狄仁杰手中却解决得这样顺利。没动用一兵一卒，没征调一个百姓，一粒军粮，更没有死伤一个人。这件事的处理，真可以称得上是奇迹了。不仅强盗们心悦诚服地走上正道，豫州的百姓重新得到安宁，就连高宗皇帝也大受感动，夸奖他有宰相的度量，有将帅的才能。

几年以后，豫州又发生了越王叛乱的大事。越王是高宗的堂弟，封邑就在豫州。他从小就怀有野心，长大后更是不安本分，他认为自己的才能比高宗强，却被封在这偏僻贫瘠的豫州！因此，他就大肆招兵买马，图谋不轨，还纵容奴仆任意胡为。老百姓深受其害，就向狄刺史告状。狄仁杰多次劝告越王，但毫无效果。越王依然我行我素，把个豫州闹得乌烟瘴气。

狄仁杰决定先礼后兵，最后规劝越王一次，希望能使他改弦易辙。否则就上报朝廷，用武力解决。

这一天，狄刺史亲赴越王府。见到越王后，就又苦口婆心地规劝他，要珍惜自己的封爵，爱护周围的百姓，约束自己的子弟和奴仆。并告诫他，千万不能豢养私兵，违犯国家的法律，否则，后果就不堪设想。

可是，越王的态度依然十分傲慢，根本不把狄刺史放在眼里。只见他"嘿嘿"地一声冷笑，大咧咧地说："你一个小小的刺史，也竟敢三番五次地管俺王府的闲事！你难道不知道，天下乃是我们李家的天下。我堂堂王府，打几次猎，玩几个女人，也值得大惊小怪？难道还要受你管束不成？"

狄刺史见他这样无礼，便也沉下脸说："王爷说这种话好没道理！天下虽是李家的，可并不是说姓李的都可以不顾王法了。先帝和当今皇上是何等圣明，哪像你这样身为王爷，却不顾老百姓的死活！我虽是小小的刺史，但我身负安定地方、保护百姓的职责，你干了违犯法律、欺压百姓的事，我怎么能坐

视不管!"

　　两人又谈崩了，不欢而散。狄仁杰回到州府后，立即给高宗写了一份紧急报告，把越王正加紧准备谋反和平时扰乱地方治安的情况一一写明，要求朝廷做好准备，应付叛乱。为了使这份报告早日到达长安，他派出快骑昼夜兼程，赶赴京城。同时，他在豫州加紧训练军队，准备粮草，演习攻防战术；又贴出布告，严禁任何人践踏庄稼，扰害百姓；还派军队四处巡逻，发现越王府的子弟奴仆干坏事，就立即把他们抓回来审讯。这样，豫州的形势越来越紧张，双方不断发生冲突。越王也在紧锣密鼓地准备着叛乱。

　　高宗接到狄仁杰的报告后，立即组织大臣商议对策。大臣们一致认为，越王已是朝廷的重大威胁，如不剪除掉，将贻害无穷。高宗于是一方面下诏指责越王，要求他立即取消私兵，服从地方官的政令，改过自新。另一方面，也开始作军事部署，以便一旦叛乱发生，官军可以迅速平定它。

　　这越王一向以真命天子自居。他认为，当年太宗皇帝就不符合嫡长子继承制的规矩。太宗李世民是高祖的二儿子，为了当皇帝，杀了太子李建成，发动玄武门兵变，本来就不合法。太宗去世后，就应该把皇位奉还给他这个长房子孙才是。有了这种想法，他觉得自己去夺帝位是理所当然的，而高宗李治既没有当皇帝的资格，又没有治理国家的能力。因此，他不顾朝廷对他的警告，一意孤行地准备叛乱。

　　现在，高宗皇帝已下诏谴责他，狄仁杰也正时刻监视着他。他明白，自己的处境已经很不妙了，叛乱已如箭在弦，不得不发了。他想，既然迟早都要反的，那么迟反不如早反。不如乘朝廷的大军还没有到来的时候就突然发难，先夺取豫州和临近的州县，打下根基造成声势，然后西进长安，夺取天下。

主意打定后，他命令自己的三万多私兵，向豫州城大举进攻，正式反叛朝廷。并且联络其他几个对朝廷心怀不满的封王，配合他，在各地一起举兵起来。因此，叛军的声势相当浩大，气焰十分嚣张。

狄仁杰急忙组织豫州军民坚守城防，给叛军以沉重打击；一面急忙修书报告朝廷，请求发兵救援。在守城的日子里，狄仁杰夜以继日地指挥着豫州军民，眼睛熬红了，人累瘦了。叛军在有指挥的豫州军民的抵抗面前，不能越雷池一步，这一开始就打破了越王的美梦。越王的叛军平时给骄纵惯了，欺侮百姓很能干，临阵对垒就显得力不从心了。在狄刺史率领的军民的抵抗下，豫州城久攻不下，其他地方的叛军也是乌合之众，起事不久，便呈现出败相来。加之，老百姓纷纷响应狄刺史的号召，实行坚壁清野，并在城外袭击叛军，使叛军十分孤立。

不久，朝廷派宰相张光辅率领二十万大军赶到豫州。越王见自己的叛军如此不中用，已陷入腹背受敌的困境，知道大势已去，便把平时搜刮到的金银宝贝装了几辆大马车，连夜出逃。他这一逃跑，叛军顿时失去了主心骨，便也纷纷作鸟兽散。张光辅率官军全力追杀，狄仁杰也率军出城策应。叛军死的死，伤的伤，少数腿长的得以死里逃生。而越王还没有跑出五十里，就被老百姓抓获，送到豫州。整个叛乱，就这样被一举平息了。

按理说，残暴的越王被消灭，豫州的百姓该有了出头之日吧，其实却并不是这样。原来，这率军来平叛的张光辅虽然位

居宰相，却是个贪官。他把这次平叛看成是自己一个人的功劳。所以叛乱平定后，他不仅不回师向朝廷复命，反而赖在豫州不走了。更为可气的是，他竟然大模大样地搬进越王府享起福来！越王府里的一切没有运走的宝物和妇女都被他据为己有。这还不算什么，他还以搜索叛军为名，纵容部下在豫州城内大肆抢劫。有些将士为了邀功请赏，就把投降的俘虏甚至老百姓杀死，取其人头作为叛军的人头。种种残暴的情形，难以用语言形容。豫州的百姓刚刚摆脱越王的奴役，还不及为此庆贺，马上就又被这张宰相推向苦难的深渊。真是前门拒虎，后门进狼；一祸刚去，一祸又至呵！当时，豫州的百姓中间流传着一首民谣，描绘着他们苦不堪言的日子：

越王贪、越王残，
越王罪恶诉不完。
白日抢民女，
夜晚占民田，
豫州苍生泪涟涟。

盼官军，望官军，
官军叛军难分清。
民头当贼头，
民宅作贼营，
原来"救星"是灾星！

张光辅在豫州已住了半年，还不班师回朝，他在豫州颐指气使，干扰刺史和其他官员处理政务。为了尽情搜刮，他还指使部下为他祝寿，强迫地方官献银献物，其部下就借机盘剥百姓。这使得豫州各县都负担不起，许多人只好再次离乡背井，流浪他乡。

这一切，狄仁杰看在眼里，恨在心头。他实在忍无可忍，就通令全州各县官员，一律不得让驻扎的官军任意勒索；要负起父母官的责任，好好保护百姓。他还多次求见张宰相，要求下令约束驻军，不得欺凌百姓，并且尽快班师回朝。接着，又数次上奏高宗，请求下诏召回官军。

张光辅多次向州里勒索，都被狄仁杰拒绝，现在，狄仁杰又要他离开豫州，回师长安。他不禁恼羞成怒地斥责狄仁杰说："你不过是一个刺史，却竟敢轻慢本相爷！须知本相爷奉旨讨贼，将士们奋勇作战，才荡平叛军，使豫州重见天日。难道不应当休整一段时间吗？再说，王师的调动，是皇上和朝廷的事，你着什么急！"

狄仁杰听了，也不禁生了气，回答说："相爷的话，当初越王也说过！这豫州，当初有越王一个祸害，就让老百姓受不了。后来您挂帅东征，来到这里，本是老百姓盼望已久的。哪知道二十万王师一到，就像虎狼跳进羊圈，又是一场大劫！你们比叛军更加凶残。因为你们，百姓又横遭涂炭之祸。一个越王被消灭，又来了好多新越王。您还是快点走吧！"

张光辅气得面色苍白，浑身发抖，连叫："大胆匹夫，敢侮辱老夫，定叫你不得好死！"

狄仁杰"哈哈哈"一阵大笑，回答说："这吓不倒我。假如我狄仁杰能得到一把尚方宝剑，那我此刻一定会斩断您的驴

脖子。纵然为此丧命我也决不后悔。"

不久，高宗传旨张光辅回师长安。临行前，张光辅运走大量钱财，还坚持要把与越王叛乱有牵连的二千多人全部处死。狄仁杰坚决反对，说这会再次激起反叛。朝廷同意狄仁杰的意见，把这些人从死刑改为流放。这两千人离开豫州时，都在父母亲人的陪同下，跪在城墙外边，向狄刺史谢活命之恩！他们到了流放地后，为狄刺史立碑，纪念其功德。

而张光辅班师回朝之时，百姓们纷纷烧化纸钱，焚香祷告，打发"瘟神"上路，求他切莫再来。

张光辅是高宗的宠臣之一，在朝中的势力可想而知。狄仁杰得罪了他，肯定要吃苦头。回朝后，他联合了几个追随他的官员，向高宗控告狄仁杰，说狄仁杰不配合官军平叛，反而纵容和保护叛军，对朝廷大员也狂妄无礼，要求严惩。高宗听信谗言，就降了狄仁杰的职务。好在狄仁杰的名气太大，才总算保住了性命。

让女皇头疼的大臣

武则天，中国历史上唯一做过皇帝的女人，也是最有争议的一个女人。她美丽，有倾城倾国之貌，而且还真的倾倒了高宗，倾倒了唐朝的江山；她聪明，有治国安邦之才，而且真正建立了周朝，并把国家治理得安安稳稳，风调雨顺；她能干，驾驭得群臣服服帖帖，俯首帖耳；她也残暴，让酷吏到处横行；她也荒淫，宫中充斥着男色……武则天就是这样一位矛盾的人物，她开创的时代就是这样一个矛盾的时代。

狄仁杰的晚年，就是在这个矛盾的时代度过的。他和武则天女皇之间，曾有过种种密切的关系。

当年高宗爱上这位还是剃着光头的武才人的时候，狄仁杰就坚决反对高宗要迎她回宫的决定。说这武才人是沾过先帝的雨露之恩的，名分上就比高宗要长一辈，现在如迎她进宫，有辱先帝的在天之灵，而且也名不正言不顺，不符合圣贤所制定的礼教，只会让天下的百姓讥笑。

但是高宗已经色迷心窍，哪里还听得进臣下的劝告？他不仅把武才人正式迎进后宫，大加宠幸，而且，不久就立她为贵妃，又由贵妃升为皇后。几度春风，就把这个曾打算让青灯陪伴一生的武才人，变成了赫赫有名的武皇后。

渐渐地，高宗不大愿意亲自处理国事了。他想轻松，于是武皇后就替他处理朝政；而他为了宠爱她，竟然又不顾太宗皇帝立下的规矩，把国家大事让她处理。不过，话说回来，她处理国家大事也还真算能干，既能称高宗的心，又能把事情办得圆满周到。这也就难怪高宗要一味纵容她了。

然而狄仁杰却总是把武后当成一般妇人来看待。尤其见她日益专权，把持朝政的行为，狄仁杰更是看不惯。尽管当时狄仁杰还在外地当地方官，但总忘不了反对武皇后。他不断给高宗寄奏章，劝他不要让后宫干预国家政务。其中，有一份奏章是这样写的："自古以来，国家的大权都是由男人来掌管。这是因为妇人当权会把国家搞乱。正如古语所讲的，母鸡如果也能像公鸡一样报晓的话，那就预示着灾祸将要降临。妇人当权引起国家的祸害，这种例子在历史上是很多的：纣王宠妲己，

亡了商朝；厉王宠褒姒，亡了西周；还有后汉屡次发生的外戚之祸……这些都足可引以为戒。现在天下人都知道，政令多出自皇后之手。这可是皇上您的失职呵！太宗皇帝生前曾明确规定，皇后、嫔妃和宦官一律不许过问政事，您却把他老人家的遗训丢在一边。眼看皇后大权在握，武氏一门也都鸡犬升天。这样下去，臣不知大唐的天下会出现怎样的乱子。"

这份奏章仍无例外地落在武皇后手里。武皇后见这狄仁杰如此不尊重她，气得面色苍白，她真想把他杀掉，方才解恨。但是，她知道狄仁杰的名声太大，又是个难得的人才，杀了他会背上不贤的恶名，对实现自己的理想不利。于是，就让高宗传旨，以"不守臣道，冒犯天颜"的罪名，将狄仁杰再次降职。不过，与此同时，武皇后对自己的本家子弟如武三思、武承嗣等也加以约束，教训他们不要过于放肆，以免被人抓住把柄。就这样，狄仁杰成了他们的眼中钉。

后来，高宗因纵欲过度，中年去世。幼年的太子即位，这就是中宗。武后成为皇太后，实行垂帘听政，操纵一切大权。几年以后，她干脆把儿子的帝号废去，贬为庐陵王，自己坐上皇帝宝座，号称"则天大圣皇帝"；不久又把大唐的国号取消了，改为"周"，唐朝的统治由此中断了。狄仁杰担心的事情终于发生了。

对于国家的这种巨变，狄仁杰当然无能为力，他曾上表反对武后称帝，更反对把国号改为周，但都无济于事。不过，狄仁杰也不是那种宁肯饿死，也不食周粟的前朝遗老，而是一位以国事为重的政治家。不久，他发现国号虽然变了，但国家的制度和政策都还是一如既往；老百姓也没有受到什么损害，日子反而过得更加安稳。而且自己曾那么起劲地反对她，她也并没有因此整治过自己呀！于是他渐渐地消除了对她的成见，把她真正当成一位有为的君主来对待。武则天对他也越来越信任，他提出的建议，大都被采纳实行。

武则天五十岁时，下令全国上下都要给她献寿礼，同时还要捐献铜钱铜制品，铸造一尊巨大的铜佛像。诏令一下，全国各地都忙碌起来了。地方官吏乘机向老百姓大肆摊派勒索，老百姓刚过上几年安宁日子，现在又倒霉了。因为捐献的数量太大，加上贪官污吏的盘剥，一般老百姓简直负担不起，他们只好典卖家里的财产。眼看铜佛所需要的铜还差得多，武则天又诏令全国的寺庙，说铸造铜佛是佛门盛事，是为了使佛教更加发扬光大，所以，佛门弟子都要为此作出贡献。诏令要求所有和尚每天至少必须多化一个铜钱上交朝廷。可怜好多和尚，平时吃饭穿衣都只能靠化缘，哪里能化到钱呢？只好不分天晴下雨，沿街乞讨。可是，穷人家自己的捐钱都交不上，哪有钱给和尚？富人家有钱可又吝啬，和尚们跑断了腿，磨破了嘴皮，应捐的铜钱还是凑不齐。

狄仁杰了解到这些情况以后，立即上书劝谏："万岁的寿诞，固然值得庆贺；但是您作为天子，此时，更应想到老百姓才是。他们现在并不富裕，可又要献寿礼，又要铸铜佛，他们怎么负担得起？再说，您铸佛像的本意是推崇佛教，使它在中土光大。可是您却要佛家弟子出钱，使得天下的和尚疲于奔命，这与您要昌盛佛教的本意可不一致啊！更何况目前边患日益严重，社会并不安宁。在这种情况下，政府更应安定人心，积蓄财力。否则，万一有一天出了乱子，就不可收拾啊！"

　　武则天毕竟是位了不起的女政治家。为了国家，她战胜了自己的虚荣心，终于接受了狄仁杰的意见，重新下诏，宣布免去寿礼，并不再铸铜佛。今后如地方官继续以此为名目，摊派勒索百姓，一定严惩不贷。对于狄仁杰，武则天更加看重他的才能和勇气，把他从地方又调进长安，担任皇帝的顾问，并负责监督各级官员。以后，又委派他担任了其他重要职务。狄仁杰自此以后，也更加忠于女皇帝，对于所担任的每个职务都尽职尽责。

　　当时，北方的契丹、突厥两族十分强大，武周与他们的关系十分紧张。北方人民常常受到他们的骚扰和侵略，许多汉族青年被抢掠过去，男的当奴隶，女的作老婆。因此，边境一带的幽州、魏州，人民纷纷逃亡，边防线频频告急。朝廷为了稳定北方形势，曾多次委派大员前往这两个州担任重要职务。但收效并不明显。最后，武则天想到了狄仁杰，就任命他担任了魏州刺史，幽州都督，河北道行军元帅三个重要职务，全权负责北部边防。

　　狄仁杰一到北边，就采取了一系列措施。先是安定民心，阻止逃亡；同时加紧练兵，特别着重演练击破骑兵的战术；还组织老百姓作游击、疏散的训练；在敌人入侵的必经之处重点设防，挖陷阱、深沟；建立了望塔，派人越过边境侦察敌方动静。对于契丹、突厥的首领采取软中有硬的对策。既主动与他们通好，进行边境贸易，还送去一些汉族地区的特产；又向他们宣传武周的强盛和治边政策，使他们不敢贸然犯边。如遇上他们的侵扰，就坚决回击。经过他的多方努力，北方军民团结一致，同仇敌忾。在他的领导下，逃走的人也回到家乡，军民一边生产，一边练兵，众志成城地守卫着北部边境。契丹、突厥的首领也早就听说过"狄公"的大名，对他甚是敬畏；又见他的治边政策，无懈可击，连自己这边的契丹人和突厥人都拥护他。因此也就不敢再骚扰汉人了，而且，不久还把掳去的汉人全部放回。北方边疆就这样安定了，一直到"安史之乱"爆发前，数十年间相安无事。由于狄仁杰安边的成绩卓著，北方人民对他奉若神明。"狄公祠"随处可见。他的故事甚至至今还在北方少数民族中间流传。

然而，这次的功劳却差点儿把他置于死地！在完成了安定北方边疆的使命后，狄仁杰回京复旨。武则天正要嘉奖他，不料武三思和来俊臣两人却联名控告，说他勾结异民族，图谋造反，弄得武则天和他都大吃一惊。

狄仁杰胸怀坦荡，虽然明知自己遭到小人暗算，但没有竭力为自己辩解，只是表示自己愿意暂时留在长安，等待调查的结果。

狄仁杰为什么会遭到武三思和来俊臣的诬陷？原来，武三思是武则天的侄子，来俊臣则是武则天的宠臣。他们都是著名的酷吏，阴险狡诈，歹毒凶恶。他们借口剪除不拥护武周的唐朝旧臣，对不愿依附于他们的官员任意进行迫害。狄仁杰为人正直，自然不会向这些祸国殃民的奸贼低头。不仅如此，他还多次向武则天报告这些人的罪行，请求她制止暴行，撤换酷吏，安定民心，整顿官风。因此，这伙人早就恨死狄仁杰了，总想千方百计地害死他方才罢休。

于是，酷吏们罗织了一个阴谋。他们先逮捕了狄仁杰的一个部下王德寿，对他施用种种残酷的刑罚。要他诬告狄仁杰在

北方与契丹人勾结，准备里应外合，发动叛乱。

这来俊臣之所以被称为"酷吏""活阎罗"，是因为他为人极其阴毒，要整人总往绝处整，他发明了一种酷刑，名叫"请君入瓮"。就是用一个大坛子把犯人装进去，只留头在外面，然后用带刺的棍子伸进坛子乱打，直至把犯人打死；或者在坛子周围烧起炭火，把犯人活活烤死。这种刑罚使人痛苦至极，许多人就是怕这种毒刑，便被迫屈打成招。现在王德寿也是如此。为了自己能摆脱干系，少受皮肉之苦，他按武三思、来俊臣的要求，指证狄仁杰是准备叛乱的主谋，并牵连出大批其他官员。

武三思、来俊臣抓住这个把柄，立即假传圣旨，把狄仁杰逮捕下狱。对他百般拷打，逼他招供认罪。只是因为他的名声太大，武则天对他也很信任，来俊臣才不敢对他用"请君入瓮"的酷刑。

狄仁杰忍着剧痛，决不屈服。他回答说："说我造武周的反，要在前几年还可以扯得上。因为那时武周革命，我还是唐朝的臣子，曾经坚决反对过她。可是后来我发现她也是一个圣明的天子，才又全力拥戴她。现在我怎么会谋反，更何况说我是勾结异族一起造反？你们这些酷吏，是小人、是罪犯，一定不会有好下场！"

来俊臣看见硬的不行，便用软的。他先派王德寿劝狄仁杰随便诬蔑一人为主谋，以便自己脱身。失败后，又让人写了一份悔过书，要他签字。说签了就可以出狱，又遭到拒绝。于是，坏蛋们把这份假冒狄仁杰名义的悔过书交给了武则天皇帝，并请求立即杀死狄仁杰。

武则天本来是信任狄仁杰的，但来俊臣是她的情人，自然就更加信任来俊臣。她看了来俊臣提供的证据后，对狄仁杰也将信将疑起来。于是她决定亲自审问狄仁杰，把事情弄明白。

武则天亲自到狱中探望狄仁杰，劝他说："仁杰啊，我了解你清廉公正，忠于朝廷，贤名四处传扬，但你可知道，现在有人告发你，你知道这个人是谁吗？"武则天态度和善，一点儿也没有审问的严肃。

"我不想知道是谁！反正我心里是坦然的。假如您认为我有罪过，那我马上就改；如果您认为我没有罪过，那是臣的荣幸！"狄仁杰平静地回答。

武则天拿出那张伪造的"悔过书"，问："这是你自己写的吗？"

"不，这不是臣写的。臣毫无罪过，为什么要悔罪呢？请万岁务必明察。我的罪状是您重用的酷吏来俊臣捏造的，我没有罪，有罪的，是来俊臣他们这伙酷吏！"

经过仔细调查，武则天确认狄仁杰无罪。宣布无罪释放他，并让他官复原职，还御赐了紫袍、玉带。为了表达她对狄仁杰的厚爱，她甚至亲自在袍上绣了十二个大字：

民之父母
官之楷模
朕之臂膀

出狱后的狄仁杰，尽管已官复原职，武皇帝也更加信任他。但是，他的身体被来俊臣等人摧残垮了，病魔开始无情地

折磨他。然而他仍然忘不了国家，仍然牵挂着百姓。他继续给武则天提建议，帮助她处理政务。武则天也开始认清了酷吏的罪行，对他们采取了断然制裁。来俊臣也未能逃脱厄运，他被自己发明的"请君入瓮"活活烤死，得到了应有的下场。

病魔无情地折磨了狄仁杰几年以后，终于夺去了他的生命。这时，武则天已经还政给中宗，唐朝的统治在中断了数十年后又重新延续下去。朝廷给狄仁杰以崇高的礼遇安葬他，以优厚的抚恤来安慰他的家人亲属。而各地的老百姓知道他去世的噩耗后，都像死了自己的亲人一样悲痛。到处是为他披麻戴孝的人群，到处听得见为他哭泣的声音，无论东南西北，到处都有狄公庙、狄公碑……以至使后人无法寻找到他真正的墓葬之处了！

唐朝的百姓忘不了他们的"狄公"，"狄公"的业绩已经载入史册，"狄公"的英名必将万古流芳！

铁面无私，爱民如子
——包拯的故事

千百年来，在我国的小说里，戏剧舞台上和民间传说中，有一位光彩夺目，家喻户晓的人物。他被描写成天上的文曲星下凡，辅佐宋仁宗。他的相貌是独特的，面目漆黑，后脑勺有一个大包；他的智慧是超人的，能明断阳间案件，暗断阴司纠纷；他的胆子是最大的，不仅敢弹劾宰相，铡驸马，还敢唾皇帝的脸，打皇帝的龙袍；他的品质是无私的，侄儿犯罪同样要伏法受死；他的生活是朴素的，官当到一品，衣食住行都一如平民。他的故事千百年来在民间代代相传。他，就是中国历史上最典型的清官之一——包公。

包公名拯，字希仁，因为他先后担任过天章阁待制、龙图阁直学士，开封府尹等官职。故人们又称他为"包希仁""包

待制""包龙图""包尹"等等。他生活在北宋前期，主要活动是在宋仁宗统治的时期，他嫉恶如仇、执法如山、爱民如子。他使人民爱他，被他们称为"包青天"，说"包拯笑比黄河清"；也使坏人怕他，被他们称为"阎罗包老""包黑子"。他成了清官的代名词，成了官场上的一面镜子。

巧审牛舌案

话说包公安葬好父母双亲，尽完孝道后，又才接受朝廷任命，重新为官。这一次，他出任扬州天长县（今安徽天长县）知县。

这天长县素来民风刁恶，乡民互相偷窃、斗殴，陷害之事层出不穷。前任知县纵容不管。

包公上任以后，贴出布告，晓谕全县百姓说："本官奉命管理本县，初来乍到，也该让你们了解我的个性。本官最痛恨的是欺诈、偷盗、奸淫、陷害等伤天害理的行为。所以一旦发觉这类丑行，本官定然严惩不贷。本官希望各位乡民，勤于耕作，和睦相处，勿生事端。"

乡民见新任知县包大人贴出布告，晓谕大家，不免感到新奇。他们听说这包大人生得又黑又丑，年近三十岁才中举，现在已四十岁了，才当上这小小知县。因此就有人不把这包公放在眼里。

一天早上，包公升堂问事。忽然，守门官吏来报："大人，有人前来告状了！"

"叫他进来。"包公吩咐道。

进来的人衣着褴褛,相貌老实,是个庄稼人模样。他走到公堂前跪下,口里喊着:"请知县大人做主!"

包公问他:"你姓甚名谁?要告何人?"

"小人刘全,不知要告的人是谁。"

这刘全的话刚说完,公堂上的官吏都禁不住"扑哧"一笑。既来告状,却不知被告是谁,岂不是疯子么?要不然就是有意到公堂滋事的恶徒。

包公止住喧哗,问刘全:"你要告的是什么案子?"

刘全回答说:"小人告有人要谋害我家。"说完又递上状子,包公接过来一看。只见状子上写道:

> 小民刘全,家住城边,务农为生。为耕牛被割舌一事上告青天大老爷。今晨小民正要套犁耕田,却见这耕牛躺在地上,满嘴是血,气喘吁吁,呻吟不已。小民掰开牛嘴查看,方知牛舌已被人割掉。小民家中只此一牛,全靠它耕田耙地,养活全家。现牛舌被割,牛命难保,焉能重新耕田?因此,割牛舌犹如杀耕牛,杀耕牛犹如杀农夫,小民全家从此无以为靠。万望老爷为小民做主,查出割牛舌的恶人,赔偿小民的耕牛。

包公看了状子,沉吟半晌,心想,这必然是刘全的仇家所干的。于是问道:

"你平时可曾和谁结过仇?"

"没有啊，小民一向安分守己，从不与人争强好胜。邻居之间相处也都还不错，小民实在不知谁是仇家。此事只求大老爷为小民做主！"刘全老老实实地回答。

"这一带可有专门惹是生非，不务正业的二流子？"

"小民不敢妄评他人。再说，小民也实在不知道附近谁是二流子。"

包公想：此事还有些棘手哩，但岂能难住我老包？于是对刘全说：

"你这案子没有被告，又仅仅是因为牛被割舌，本官不想为它多费周折了。现在本官赏钱五百贯与你，作为官府的补偿；你回家后速将牛宰杀，将皮肉卖掉，又可得数百贯。这样你就可以重新买一头耕牛了。你可愿意？"

刘全见知县老爷赏钱给他，又准他杀牛卖肉，不禁喜出望外，连连磕头谢恩，领了赏钱，欢天喜地地回家去了。

接着，包公又写出告示，贴在县衙门前。告示说：

> 眼下正是农耕大忙季节，耕牛尤其重要。各家各户务必要饲养好自己的耕牛，以不误农时。严禁私自宰杀耕牛，违者将依法惩办。如有人检举私宰耕牛者，官府赏钱三百贯。俱令各个知晓。

那刘全回家后，即按包公吩咐，将耕牛宰杀了。第二天一早，将牛肉在附近叫卖。突然，从旁边闪出一人，将他死死扭住，口中说道："好你个刘全，竟敢违抗官府命令，私宰耕牛！今官府已经张榜告示，检举私宰耕牛者赏钱三百贯。你与我见官去!"说罢,扯住刘全就往县衙来。

刘全一看,扯住自己的却是邻居卜安,忙说道:"卜二哥,你我平时也有往来,为何今天要如此呢?我宰牛是因牛舌被人割断,牛早晚是死;又奉包大人命令才敢宰牛卖肉的。你快放手,别误了我卖肉。"一边说,一边挣扎。

这卜安身强力壮,哪里肯松手?一边扯着刘安往县衙走,一边说:"我只管检举你私宰耕牛,好领赏钱,哪管你牛舌被割?快走!快走!"

两人一边争吵,一边扭着来到县衙。邻里乡亲跟着看热闹的人可真不少。他们有的说:"这刘全也太胆大,此番进衙门,恐怕少不了要挨板子。"有的说:"这卜安也真不算个东西,为了三百贯赏钱,就要告发邻居!和这种人打交道可不得不多注意点儿。"

不一会儿,到了县衙。包公早已升堂,见有二人互相拉扯着进了公堂,而其中一人就是昨日告牛舌被割的刘全,心下早已明白事情真相。

只见包公把惊堂木一拍,猛然一声喝道:"被告既到公堂,见了本官为何还不跪下!"

刘全、卜安都吃了一惊,双双跪下。卜安急忙禀告说:"启禀大人,小民卜安,来告发刘全私宰耕牛。"

"好哇!你这割牛舌的恶贼,终于自投罗网了。左右,给我拿下!"包公手指着卜安,厉声喝道。

"大人,小民冤枉啊!小民是奉大人告示之命来检举私宰耕牛的刘全呀!"卜安连声叫屈。

"看来,不动大刑你是不会从实招供的了。来呀,大刑

侍候!"

张龙、赵虎和几个狱吏抬出刑具，铁镣木枷、叉手指的铁针，一应俱全。公堂两边的差役，个个手执大棒，只等包公令下，就要将这卜安揪翻在地，给他一顿好打。

卜安哪里见过这种场面，吓得魂不附体，连声说道："大人慢打，小人愿招。"

"那好，你且从实招来。如有谎言，一定重打不饶!"包公摆摆手，让两边执刑具的人暂且退下。

卜安供道："小人前几日家中无柴煮饭，想向刘全借一点。他家明明堆了一屋子柴薪，却不肯借给我。因此小人怀恨在心，总想要报复他一次。恰好同村王能王秀才是小人亲戚，他说知县大人刚刚上任，不妨做个案子，一来试试大人的才能，二来泄一下小人求借被拒的私愤。在他的怂恿下，前天晚上，小人溜进刘全的院子内，本想偷窃些东西，但是院子里却没什么值钱的东西，只牛栏里有一头耕牛正在吐出舌头喝水。这时，小人便掏出尖刀，伸手抓住牛舌就是一刀，那牛舌就被小刀割在手里。小人将它揣在衣袖里，带回家煮熟，与王秀才一起喝酒吃了。小人说的句句是实，求大人饶命。"

包公点头说道："谅你不敢欺骗本官。"接着，又命差役将王秀才拘押到堂对质。事实俱在，王秀才不敢抵赖，一一承认唆使卜安作案，又一起煮牛舌下酒的事实。

真相大白了。包公提笔写好判决书：

　　兹有刘全耕牛之舌被割一案，现已查清，案犯卜安，系刘全之近邻，前因借柴被拒绝，滋生报复之心。竟趁月黑风高之机，潜入刘家，割去耕牛之舌。接着又贪图赏钱，告刘全杀牛，哪知正中本官之计。卜犯虽然仅割牛舌，但实割断了刘全的生路。他的手段残忍，情节恶劣，本应从重严惩。姑念他只是一个无知乡民，又能交代罪行，所以从轻处理。判处卜安受仗四十，戴枷在乡里游街示众。

同案犯王能，身为秀才，饱读经典，不但不带头遵纪守法，反而教唆乡里愚民犯罪。且不思上进，反而藐视官府。实在是有辱圣贤。判处王能杖责四十，剥夺他的秀才称号，并赔偿刘全的耕牛钱一千贯。

这个原来连被告也没有的离奇案子就这样顺利破案了。原来，当刘全告状之时，卜安也跟着到了县衙看热闹。先是一副幸灾乐祸的脸色，后来看见包公赏钱给刘全，他又不禁暗暗冷笑。这些表情变化，哪里逃得过包公的眼睛。当时包公就怀疑是他偷割牛舌，只是没有证据，不好拿他，于是故意设下计谋，引他告状上钩。结果果然不出包公所料，正是这卜安所为，还由此引出了一个教唆犯王秀才出来。

智除赵王

北宋时，有两大繁华都市：一是东京汴梁（今河南开封），一是西京河南府（今河南洛阳）。两大都市都有百万人口，并且往来的行商坐贾，工匠帮工等也颇不少。一遇佳节、花会、

灯会等，游艺场所到处都是人。

这里要讲的故事发生在西京（洛阳）。这洛阳是八朝古都，东周、东汉、曹魏、西晋、北魏、隋（炀帝）、武周、后唐等朝代曾定都于此。真个是经济繁荣，文化昌盛，城内有著名的白马寺、鳌山寺，城郊有龙门石窟，都是游人的好去处。

洛阳城边有一户人家，主人姓冯名吉。两个儿子一个叫冯至诚，一个叫冯至信，都已长大成人。冯至诚娶妻叶氏，美貌贤淑，又生下一个儿子，取名冯金保。冯家世代以祖传绝技——织锦缎为生，织出的锦缎精美绝伦，连仁宗皇帝也很喜欢。有此手艺，冯家生意兴隆，家道也不算差。

每年的正月十五，是这两京最热闹的日子。这天是上元佳节，春节的最后一天。西京盛行闹元宵、闹花灯的风俗。一到傍晚，城内花灯大放，男女老少一齐出门赏灯猜谜，天亮才回家。因此，这城内是火树银花，游人如织，通宵达旦，热闹非凡。

这年又到了正月十五日，冯家和邻居相约，一齐去看花灯。冯吉和老婆在家看守，而冯至诚则带着叶氏、儿子、弟弟和家人一道上路。进得城来，他们先进鳌山寺看灯，果见无数花灯争妍斗奇，十分好看。大伙儿流连了一阵，走出寺外。此时，已是朗朗月色，照耀大地。只见城内到处是彩灯，到处是观灯的人。真是好不热闹。

突然，一个毽球飞到寺门前面，众人正感到奇怪，忽听有人喊道："闪开！闪开！王爷来也！"

人声鼎沸中，只见一伙人一边吆喝，一边冲将过来。看灯的人纷纷躲避，拥挤不堪。寺门前面挂的灯笼也被人用鞭子打落在地。慌乱中冯至诚与妻、弟等人都被冲散，互相寻找。但由于人多哪里还找得着？冯至诚以为众人都各自回了家，便也快快而回。回到家中一看，弟弟冯至信、儿子冯金保和家人都已在家，却单单不见了妻子叶氏。至信原以为哥哥嫂嫂在一起不会出事，所以同家人一起护住侄儿金保，匆匆回家。现在看见嫂嫂未回，忙问哥哥至诚如何是一人回家。听了哥哥的诉说，这才明白叶氏迷路失散了，一家人都十分着急。

原来，这叶氏平素极少出门，对这西京城内路径并不熟悉。加之只顾躲避王爷，慌不择路，又是晚上，所以走了不久，便不知是什么所在了。她只好在路边等候丈夫、小叔。可是左等右等，连他们的影子也没有，心里也是焦急万分。

这时，看灯的人们大都已散了，这叶氏却还是孤零零地在街上等自己的家里人。正在这时，一个穿着华丽的中年人在奴仆们的簇拥下，从鳌山寺走了出来。原来，这人就是当今皇帝仁宗的御弟赵松，人称赵王，正是西京河南府中的一霸。这赵松倒也是一表人才，高挑身材，白净面皮，鼻直口方，风流倜傥。可他的为人就不敢恭维了。他专爱结交市井无赖，赌博嫖娼，斗鸡踢球，样样精通。至于欺压良善，逞凶斗狠，那更是家常便饭。

这赵王从寺里出来，借着月光四处张望，见有一个人在街边徘徊，似是一女子，忙命爪牙道："快去看看，是何人在那儿，见了本王爷，还不回避？"

几个奴仆赶紧跑过去看这叶氏。见她生得花容月貌，便忙跑回赵王身边，禀告说："启禀千岁，是一女子在那儿，这女子倒颇有几分姿色。"

赵王一听是漂亮女子，就马上来劲了，忙说："快随本王去瞧瞧！"

说着，赵王率众奴仆来到叶氏身边停下。叶氏想避开也来不及了。赵王见她果然是一美貌女子，不禁心中暗喜道："不料民间也有如此美色，本王此行观灯，又巧遇佳人，想必是天赐良缘，正好带回府去享用。"于是问叶氏道："你是谁家女子？为何一人在此，深夜了还不回家？"

叶氏回答说："妾家住城郊，随丈夫一起进城来看花灯。刚才人群拥挤，把我夫妻冲散了，丈夫不知哪里去了，妾身不认得路，只好在这里等他。"

赵王一听，更加高兴，说道："你丈夫想必早已回家，你在此久等也无用处。现在已是夜深人静，娘子孤身一人在此，总不是个办法。不如随我到府中暂且歇息一夜，天明后我派人送你回去。怎么样？"

叶氏本来心中也觉得害怕，又见他衣冠楚楚，相貌和善，文词诚恳，不像个坏人。于是她就答应了，说声："多谢官人。"便随赵王进了王府。

进到府中，叶氏见这府中气派非凡，典雅堂皇，不仅宅园极大，而且摆设的东西尽是上品，连仆人都是穿金戴银，披锦挂缎。又见府中众人见了这中年人都异常恭敬，并且口称"千岁"，这才知道自己是进了王府，心里不禁又惊又怕。

赵王命使女将叶氏带进一间客厅，拿出酒菜与她压惊。叶氏心中害怕，哪里还有胃口？所以，尽管桌上摆的都是山珍海味，叶氏也只是勉强地略为尝尝，便放下筷子。

接着，叶氏又由侍女服侍洗浴。然后，进到一间卧室。室内一张银床，上面铺着鸭绒被，织锦被面，鸳鸯绣枕，丝罗蚊帐，真是富贵已极。正惊讶间，侍女说道："娘子就在此处歇息。"说完退出门外。

叶氏掩好门，也不脱衣裤，合身躺在床上。因为一夜奔波，早已疲倦，不一会儿就迷迷糊糊地睡着了。

睡梦中，她仿佛觉得有人在解她的衣服，不觉惊醒过来，惊问："你是何人？"

"娘子不必惊慌，是本王见你孤单，所以来陪陪你。"这正是赵王的声音。

"王爷别……妾身已有丈夫。"叶氏吓得魂不附体，连连哀求。

"娘子差矣，你我冷夜相遇，岂不是天作之合吗？况且，我是金枝玉叶，也不会辱没了娘子。娘子如此美貌，正好在王府享受富贵，岂能心甘情愿地当平民百姓的老婆，不如做我的妃子罢。"说完，赵王就势爬上床来。

叶氏到了这种地步，呼天天不应，喊地地不灵，想寻死也办不到，只好含着眼泪，忍着耻辱，顺从了赵王。

以后几天，赵王天天设宴，又命侍女更加殷勤地侍候叶氏，并不断为叶氏置买衣物首饰。叶氏在赵王府中虽享受富贵，但她本是良家妇女，怎能不思念丈夫和孩子呢？加上赵王每夜都如狼似虎地蹂躏她，使她更想尽早逃出虎口，回到真正体贴自己的丈夫身边。因此，她每天都忧忧戚戚，愁眉苦脸，寻思着如何才能和丈夫儿子团聚。

悠忽之间，已过了三个多月。一天，叶氏发现赵王有一件锦缎衣服是冯家织造的。于是就想出一个办法，要与丈夫见

面。她对赵王说："王爷，这锦衣真是漂亮。能否再让人织一件同样质地、图案的女衣给妾身吗？"

"这有何难？只需把西京最好的织造匠找来就行了。"赵王满有把握地说。

第二天，赵王派人打听西京谁是最好的织造匠，很快就打听到冯家兄弟，就命他们进赵王府为新娘娘织衣。冯至诚也听人说过自己的妻子被赵王掳进了王府，正想去探听个究竟。于是满口答应，带着织机跟着赵王的奴仆一起进了王府。

赵王见工匠来了，就命人拿出上等蚕丝，交付给他，又把自己那件衣服给他，吩咐道："照这件衣服的质地、花纹，好好为新娘娘织衣，就重重有赏，织得不满意，你的小命就难保！"

冯至诚说道："小人一定好好织衣。不过，俗话说：'量体裁衣'，小人虽不必要娘娘出来量，却也需娘娘出来让小人看看，方可确定尺寸，裁剪肥瘦啊。"

赵王见他说得有理，便答应让新娘子出来，命一个侍女去叫她，自己出门玩斗鸡去了。

叶氏听见待婢说："王爷找的织匠来了，要见见娘子，好定尺寸。"心中不由得呼呼乱跳，她希望是丈夫来，好接她回家，但担心来的不是至诚；她又害怕他来，会惹出祸事。心里七上八下，十分矛盾，便犹豫着随侍女走了出来。到了织衣的房屋，一看，正是自己日思夜想的丈夫，一时不知说什么好，止住脚步，呆在门口。

冯至诚听见侍女喊声："赵王妃驾到。"正要跪下迎驾。抬头一望，这不就是自己失散百日的娘子吗？心中一愣，这本要下跪的腿便弯不下去了。他渴望见到自己的娘子，可眼前的她穿金戴银，花枝招展，哪里还似家中的模样？他想过去认她，又怕她已心甘情愿地当了王爷的妃子，心里也是百感交集，一时站着，对着叶氏发呆。

叶氏见丈夫如此伤心，心里更加难过，不禁泪如泉涌，失声哭了起来。旁边的侍女忙问："娘娘，您怎么了？"

冯至诚见妻子痛哭，便再也忍不住了。叫了声"娘子啊"，便跑了过去抱住叶氏。叶氏被自己的丈夫抱住，也就顾不得旁边有人，同样紧紧抱住丈夫，哭道："至诚，我想你想得好苦哇！那天晚上，为什么不把我找回去？"

王府的侍女、帮工这才明白他俩原来是恩爱夫妻，叶氏被掳进王府后，他们被赵王棒打鸳鸯活活拆散。看到这一幕，众人便各自叹息一声，走了开去。

两人正在相拥，互相诉说别后的衷肠，赵王却回来了。原来他出门斗鸡，却忘了带押赌的银子，便匆匆赶回来取。恰好看见新娘子正和那织造工抱在一起，不禁妒火中烧，醋意大发，立刻呼唤奴仆和侍婢，把两人分别绑了。

赵王喝道："大胆刁奴，竟敢趁本王不在之机调戏新娘子，真是罪该万死。"

冯至诚、叶氏一齐跪下，恳求赵王："我二人原是夫妻，并且还生了小孩。求大人放我们回家团聚。王爷的大恩，我们一定不会忘记。求王爷开恩！"说完，磕头不止。

赵王一听，明白了。原来这织造匠是新娘娘的丈夫。心想："来得正好。把丈夫除掉，何愁这新娘娘不甘心从我。"于是，心中陡起恶念，喝道："你一个织造匠，怎能消受得起如

此漂亮的娘子！原来你是存心来找本王的晦气的。"接着，又喊道："来人啦，快把这刁徒拉出去，用乱杖打死。"

赵王府的爪牙、打手一拥而上，把他拉到门外，一顿乱杖，这冯至诚被活活打死。赵王为了灭口，把侍女、帮工等人也杀了。

接着，赵王凶性大发，又亲率爪牙，直扑冯家。要将冯家老小满门斩尽杀绝。这冯家老少都还在盼望至诚的消息，突然间便祸从天降。一家大小，除至信带侄儿金保上街玩耍未归以外，数十口人都死于非命。赵王府爪牙杀完人又放起一把火来，把冯家烧了个罄尽。等到至信带着金保回家一看，只见血流遍地，尸体狼藉，房屋的余火未尽。

冯至信悲痛欲绝，心下明白一定是赵王所为。一问邻居，知道是赵王先杀了至诚，然后又来灭门，于是发誓道："如不报此仇，我势不为人！"他想，赵王乃是当今皇上的御弟，和他硬拼吧，自己孤身一人，又不会武功，怎能敌得过他成百上千的恶奴？打官司吧，谁又敢与小民做主，得罪皇亲呢？可这血海深仇不报的话，无论如何也咽不下这口气呀！思前想后，茶饭不进。再说，自己已无家可归，无亲可依，活着也没多大意思。只要能够报这血海深仇，就是死也可以瞑目啊。

当时，赵王已得知冯至诚的弟弟和儿子未被杀掉。为了斩草除根，免除后患，他派出爪牙四处搜捕冯至信和金保，迫使至信东躲西藏，后来不得不逃到东京汴梁，住在一个朋友家里。由于身负血海深仇，白天吃不好饭，晚上睡不着觉，加上奔波惊吓，冯至诚很快变得形容枯槁，十分憔悴。

到了东京，他忽然想到："久闻开封府尹包大人不怕权贵，爱民如子，执法如山。不久前还铡了忘恩负义，抛弃妻儿的驸马陈世美。满朝文武，无不仰他敬他，平民百姓对他更是奉若神明。我何不写好状子，到开封府衙前击鼓鸣冤，求包大人为我做主？"

冯至信主意已定，就写了一张状子：

> 冤民冯至信，身负血海深仇，上告府尹包大人。西京皇亲赵松，倚仗权势，于上元节晚上灯会将吾嫂叶氏抢入王府，逼她为妃；不久又将吾兄冯至诚骗入王府，活活打死。接着又出动恶奴数百人，将我冯家老少数十人全部杀害，将房屋焚毁，家中财物或被抢走，或被烧砸干净。小民与侄儿金保侥幸逃命，不得不东躲西藏。在西京上告无门，只好逃到东京。恳求青天大老爷为草民做主，雪此沉冤。冤民所告，句句是实。即使去见当今圣上，也绝无半句是假。

写好状子后，冯至信把侄儿金保托付给朋友看护。自己把状子藏在身上，直往开封府衙而去。

看看离府衙已经不远，却冷不防从街上蹿出一伙人来，都是公人打扮。为首一人喝问道："你就是西京逃犯冯至信吗？"冯至信一看这伙人凶神恶煞的样子，心知又遇上歹人，哪里敢承认？于是说道："各位老爷认错人了，小人家住东京，更不姓冯。"说着，就想溜过去。

这伙人哪里肯放？为首一人从怀中掏出一张图画，上面画的正是冯至信，他把冯至信同图上一对照，骂道："好个刁徒，

还敢狡赖？你以为离了西京，便捉你不得么？"又命同伙，快搜他身上，看有什么东西？

左右一阵搜寻，就搜出了那张告赵王的状子来。那为首的一看，大喝道："好个恶毒贼子，果然想诬告赵王。这真是自己找死，怪不得我们无情，我们也是奉命行事。来呀，给我打，往死里打！"

这伙人一拥而上，只见拳脚齐施，棍棒翻飞，齐向冯至信劈头盖脑地打来。

原来，那赵王见在西京没抓住冯至信，就担心他会到东京找包公告状。这老包连仁宗也敢顶撞，又有御赐尚方宝剑，可杀任何皇帝国戚，文武百官。要落到此人手里的话，那真好比是进了阎罗殿。于是，他命人画出冯至信的模样，又吩咐手下和东京的亲信在东京城四处按图搜捕，还派出爪牙到东京，尤其在开封府衙附近注意搜寻。如发现冯至诚和冯金保，立即打死，绝不可让人进府衙告状，也不能让包公知道此事。今天这伙人就是赵王派到东京来的爪牙。他们守了好多天都不见这冯至信的踪影，哪知今天，冯至信恰好撞在他们手里。那为首的见是冯至信，又搜出了状子，便命同伙将冯至信打死，好回西京向赵王报功。

众恶徒对冯至信一顿暴打，可怜冯至信一个平常的工匠，哪里经得起这般毒打？不一会儿便昏厥过去，倒在地上，眼看着就只有出气，没有进气了。而恶徒仍在毒打不止。

正在这时，忽听有人喊："包大人来了！"

那为首的大吃一惊，就想逃跑，可一想，这冯至信还有气息，如果遇包公救醒，岂不坏了大事？当下赶紧命爪牙们在附近一家蔬菜店里拖来一大筐菜叶，将冯至信装进筐中，上面用菜叶覆盖。又命四个爪牙抬到江边，将他扔到江里。自己带着别的爪牙赶紧逃跑。

四个爪牙把冯至信装进筐内，盖好菜叶，正要抬走时，包公已经骑马走近。

包公率张龙、赵虎和众差役到城内巡查。刚出衙不远，就看见前面有人四处乱跑，似在躲避什么，又有人围在一起。心中怀疑，便策马走过去。见围的人都已散开，只有四个公人模样的人在抬一大筐菜叶，又见地上一片凌乱，还有斑斑血渍，心中更加怀疑，于是喝问道："你们是什么人，在此处干什么？"

"启禀包大人，小人是监军衙门的公人。为监军买菜叶，正要抬回府去。"其中一个爪牙信口编了一个谎言，想瞒过包公。

包公的眼光何等锐利！这几个爪牙的慌张神色早被他看在眼里。何况监军买菜，哪需如此大一筐菜叶？而一筐菜叶，又哪会需要四个人抬？

"且慢，这菜叶里定有文章。给我抬进府中。"包公吩咐道。

这几个爪牙不敢违抗包公的命令，只得将筐抬起，随包公进到开封府衙。

包公命他们将筐放下，把菜叶倒在地上，这四人"扑通"一声，一齐跪下，直向包公磕头，连说："包大人饶命！这全系赵王指使，不干小人的事。"

张龙、赵虎把竹筐翻倒过来，却倒出一个血肉模糊的人

来。包公走近细细察看，只见此人遍体鳞伤，显然是被人围殴所致，又摸他胸口，还有一口温热，却已是奄奄一息、气若游丝了，忙命找医生来救治。

回头看这四个公人，都已吓得面如土色。包公指着这快死的人问他们："此人是谁？为何弄成这般模样？"

"回禀大人，他是西京人氏，名叫冯至信，不知为何得罪了赵王。我等奉赵王之命要将他弄死。正打他的时候，忽听大人驾到，头领命我四人将他装进菜筐，抬到江边，扔下江去。他自己率众逃离了。小人四个正要抬这冯至信，就遇着大人了。"这四人一边说，一边不住地磕头。

包公想，这冯至信必有血海沉冤。只不知赵王为何必要置他于死地？在事情未弄清楚前，最好不可惊动赵王。于是对这四人说："你们胆敢由西京窜到东京，光天化日之下公然在本府尹辖地行凶打人，本官赶到后，你们又要将冯至信抛入江中，谋害其性命。依我大宋法律，你们四人都应当斩首。"

四人吓得魂不附体，连连磕头，直叫："大人饶命！"

包公停了一下又说："不过，姑念你们并非首恶，如能改过从善，便可以免去一死。"

"愿听大人吩咐，就是赴汤蹈火，也不敢有怨言。"四人见有了一线生机，都赶紧抓住不放，于是对包公唯命是从。平时那种横行霸道、仗势欺人的恶奴样子，已收敛得干干净净。

"那好，你们回到西京，见到赵王，只需说已将冯至信沉入江底，不许说遇见了本府尹，这就行了。否则，本府尹绝对饶不了你们！而且，赵王知道冯至信已在本府尹处，想必也不会饶过你们。"

"是，是，小人一定遵命，不敢胡说。"

包公又取出一些银子，分赏这四人，作为盘缠。这四人见包公饶了他们性命，又赐给银两，便千恩万谢地去了。

这时，冯至信已被救醒，渐渐已能说话了。他起初不知自己身在何处，后来见到一位黑脸大官，才知道已在包公府衙内。

包公询问他为何被打，冯至信便把赵王在上元灯会抢走嫂子，不久又骗哥哥进王府将其打死，接着又率数百家奴灭绝冯氏一门，杀死一家数十口人，自己与侄儿侥幸免祸，却又被追杀得无处藏身，只好来东京向包大人告状，途中又被赵王派出的爪牙认出，搜出状子、一顿惨打、不省人事等情由，一一讲给包公听。接着又说："小人当时自以为已经难免一死，冯氏一家的血海深仇已无法报了，却不想得遇大人相救。大人真是小人的再生父母，小人到这个地步已别无所求，只望大人为小民做主，惩处那无法无天的赵王，为西京百姓除一大害！"

包公听完他的叙述，不禁肺都要气炸了，对冯至信说："你放心，本府尹从来只认国法，不认皇亲。"

以后几天，包公派人到西京调查，知道冯至信所说的全是事实，并且叶氏仍在赵王府中，只是被赵王玩腻了，已被冷落在一边。此外，包公又找到冯家的邻居，取得了人证。

事实已经查清，按法律，赵王和他的主要帮凶、爪牙都该处死。但是，如何才能让他们这伙杀人强盗伏法呢？这倒使包公颇犯踌躇。直接捉拿吧，这赵王府有士兵家奴成百上千，而且西京也不属于开封府管辖，赵王要是发兵拒捕，就难办了。上告仁宗吧，可又担心他会庇护赵王。赵王毕竟是御弟呀！

　　然而，包公是何等精明！什么事也休想难住他。他终于想出一条妙计。

　　从第二天起，接连五天，包公都不升堂，只说是病了。众官吏都来探望，一一被包公夫人拒之门外，说是包公神志不清，不能见人。

　　此事惊动了仁宗皇帝，急忙派御医来为包公诊治。御医进了府衙，要见包公，包夫人挡住他，说包公刚刚吃过药，已昏迷不醒，而且前面的医生叮嘱说不能见人，否则有性命之忧。这御医吃了闭门羹，心里老大不高兴，心想，你老包既然请了别的医生，那我也乐得轻松，只要敷衍一下回复圣上就行了。

　　于是，御医说道："府尹病重，又不愿见生人。也罢，只需在府尹臂上扎一金针，我就可知道他的病情了。"说完把针灸用的金针递给包夫人。

　　包夫人进屋，抬起包公的手臂，把针扎在这臂上。御医隔着门帘用手捻动金针，觉得像扎进棉花里，全无动静。用手指摸包公的脉搏，也丝毫不跳动了。御医心中吃惊，吩咐包夫人说："准备后事吧！"便匆匆回宫复旨去了。

　　原来，包公自幼遇上异人，学会了假死之术，即在不长的时间里，能完全屏住呼吸，停止脉搏跳动，却能面色如常。没想到这一招连御医也被骗过了。

　　那御医回宫复旨，说包府尹已经不行了。第二天，仁宗上朝，忽有包夫人前来报表。只见她一边哭奏包公如何生病，如何去世；一边将府尹大印捧在手上，还给仁宗。仁宗听了，不觉落下泪来，文武百官也纷纷叹息不已，都为朝廷失去这一位栋梁之材而惋惜。仁宗慰问了包夫人一番，然后又问："包卿临终时，可曾留下遗嘱了吗？"

包夫人奏答道："他只嘱咐了一事，要妾身代为上奏。"

"何事？"

"他说经多方了解，唯有西京赵王为官清廉，才能出众，能任开封府尹，望陛下恩准。"

群臣听了都觉得奇怪。谁不知道这赵王荒淫奢侈，是西京最大的恶霸？难道包公临死前是昏了头吗？

仁宗见包公要托付的事情竟是要御帝赵松继任开封府尹。心下也是一惊，他也知道自己这弟弟的德行，但是也感到高兴。于是降旨二道：一是派宰相到开封府衙代表自己御祭包公；二是派使臣到西京迎赵王到开封就任府尹。

包夫人回府，一一说知给包公。包公这才把张龙、赵虎等心腹召进屋，告之真情，并安排好如何把赵王逮住。

当宰相前来主持御祭时，见府衙内的所有人尽穿丧衣，一具厚棺早已停放在家里。他哪知里面什么也没装，只是一副空棺呢？于是，宰相郑重其事地主持祭典，宣布朝廷追谥包府尹为"文正公"。

开封府的百姓，听到包公病逝的消息，如丧考妣，纷纷自动穿上丧服，停止娱乐，整个东京城，笼罩着一种沉重悲哀的气氛。

话分两头。仁宗派去的使臣也到了西京王府，向赵王宣布圣旨："钦命御弟赵松任开封府尹。"赵王听了十分高兴，觉得真是飞升之福。他知道，这开封府地处京畿，其富足繁盛比西京又胜一筹。这府尹的位置是仁宗最信任之人才能当上的。现在包公去世，让自己接任开封府尹，表明仁宗已十分信任自

己，于是恭恭敬敬地谢恩领旨。

接着，赵王立即打点行装，带上几个最喜欢的妃子，准备上任。

几天后，赵王到了东京。他先入朝拜见仁宗，并与诸皇亲话旧。仁宗勉励他说："让你接任府尹，并非朕要照顾你是御弟，而是包拯临终推荐的你。所以你要像包公那样洁廉正直，不要辜负了他的好意才是。"

赵王诺诺连声，谢恩退出。

第二天，赵王率数百家奴和官吏到开封府上任。沿途街上，只见人人挂孝，一问，才知道是为包公而挂孝的，心里颇不高兴，骂道："本王今日上任，乃是大喜；这些刁民为何只想到死鬼包大尹，为何不来欢迎本府尹呢？"于是下令各户，必须立即取下孝服，另换盛装，去掉招魂幡，换上红灯笼。老百姓哪里肯换，见了赵王都急急关门闭户。

赵王更加发怒，又下令：每户必须献一匹绫锦。后来赵王干脆下令手下爪牙挨户抢劫。老百姓哪里能吃得消，很快被抢劫一空。于是纷纷向朝廷告状，要求仁宗另派府尹。

赵王一行进了府衙，见公堂上高高竖着一根招魂幡，府内众官吏差役也是人人戴孝，不觉发怒道："本王选今日上任，包黑子为何还不出殡？"

包夫人回答说："要为府尹做道场七七四十九天，还有十多天才满，期满后才能出殡。"

赵王自恃是御弟和藩王，哪里把包夫人放在眼里，就破口大骂，说她胆敢以死人阻止本王上任，正要命人动手打她时，猛然间一抬头，包公正站在自己面前，喝道："认得包黑子吗?"

赵王以为这是包公的鬼魂来了,吓得魂不附体。这时,张龙、赵虎一齐上来,把他捉住,关进了牢房。

第二天,包公升堂,从牢里押出赵王受审。赵王一看,只见两边差役手执棍棒,堂上摆着样样刑具,好不可怕!

接着冯至信站出来,呈上状子给包公。包公向赵王念了状子,又找出证人要赵王招供。赵王起初不招,被包公命令用刑,后来受刑不过,只得招出杀人夺妻及灭冯门一家的罪恶经过。他深知按这些罪恶足可定数十次死罪。于是跪下求包公,说如果能赦免他,愿把家产一半相送。

包公冷笑一声:"你把我老包看成是什么样的人了?不要说你的一半家产,就是你所有的家产相送,又岂能使我动心,你既然触犯了王法,就该按律治罪!"于是提笔写好判决书:

罪犯赵松,身为藩王,却自恃是皇亲,仗势欺人,鱼肉百姓,草菅人命。于上元灯会骗抢民妇叶氏,接着又谋死其夫冯至诚,诛杀冯氏一家主仆数十人,使冯家几乎遭灭门之祸。后又欲斩草除根,四处追杀冯至信及侄儿冯金保。至于该犯其他罪恶,更是不胜枚举。依我大宋法律,判处赵松死刑,即押赴法场处斩。

写完后,用笔在"赵松"二字上画了道叉,就亲率刽子手到法场处斩赵王。

赵王终于受到了应有的惩罚,结束了自己罪恶的生命。赵

王的主要爪牙们不久也遭到与主子相同的命运，包公发兵到西京捉拿众爪牙，把一些罪大恶极的爪牙依法处死。

赵王被处决后，包公判其他被掳为妃的女人自行回娘家，判叶氏与冯至信结为夫妇，共同抚养金保。判赵王家产的一部分归冯至信，一部分充公。

在处理好所有事以后，包公又才上朝。一面奏知处死赵王的原因和经过，一面请求赦免欺君之罪，要求仁宗惩罚他。

仁宗皇帝听说御弟被包公处斩，十分震惊，觉得这包公也太不看我皇帝的面子啦，心中非常痛恨包公。可转念一想，自己的御弟杀了冯家数十人，犯了谋夫夺妻的大罪，怎么能不偿命呢？加之包公是依法办事，也不好说他什么。只好表示赞同他的行为，说他"拟罪允当，判决适宜"；御弟是自作自受，王法无亲，赦免不得。并传旨，将赵王家属发遣为民，不再享受皇亲待遇。

不久，陈州发生水灾，庄稼尽被淹没，粮食颗粒无收，饥民遍野，包公奉朝廷之命，出任钦差大臣，打开官家粮仓，发放给群臣赈济灾民。救了这一州数十万人的性命。陈州百姓无不称他为"包青天"。完成放粮赈灾任务后，包公从陈州打道回府交旨，却不料在回京途中又遇上了一件十分麻烦的案子。

打龙袍

包公由陈州启程，要回东京交旨，陈州百姓无不焚香远送。包公见这一州百姓渡过难关，也是非常高兴。上了官轿，喝令"出发"，只见鞭炮齐鸣，鼓乐震天。"钦差大臣包"字大旗迎风飘扬。官轿两旁，紧跟着王朝、马汉、张龙、赵虎，轿后面，是穿戴整齐的百名护轿军士。整个队伍浩浩荡荡，好不威风！

中午时分，包公一行来到一座村子。突然间狂风大作，尘土飞扬，"包"字旗被吹得啪啪乱响。只听得到处都有树枝折断的声音。包公喝令："停下！"正要下轿查看，只听"哗啦"一响，自己坐的轿子被狂风揭去顶盖了！

包公走下轿子，走到路边，只见风也停了，云也散了，似乎刚才的一切都没有发生过。"这风吹得好怪啊！此处必有大冤。"包公略一沉吟，吩咐手下人："快去找里正（相当于今天的村委会主任）来，我有话问。"

王朝、马汉一齐出动，不一会儿就带回一个人来。这人五短身材，穿着简朴，五官都出奇地大，但一看就知道是个老实人。他一看见钦差大臣旗，便急忙三步并两步地跑到包公面前跪下，口称："本村里正范仲华，叩见包钦差！"

"不必多礼，本官且问你，此村叫什么名字？"

"回禀大人，此村名为凤栖村。"

"前面是一座庙宇？"

"正是娘娘庙。"

"那好，"包公点点头，吩咐手下人，"把轿子抬到娘娘庙，修好轿顶。各人就在庙内歇息，不许胡乱走动。"

于是，一行来到娘娘庙。包公走进庙内，只见这庙宇已经残破不堪，殿堂年久失修，更无人打扫，王母娘娘的神像和像前的香案都已蒙上厚厚的一层灰尘。香案上没有香火，供桌上也没有供品。看来，这王母娘娘在这个村子是大受冷落了。

殿堂后面，是一个院子，看那围墙也已经多处裂缝。院子里杂草丛坐，荆棘遍地，几头牛正在吃草，放牛娃则在爬树玩。这里已成了放牧场所了。这几个小孩见进来这么多人，许多人还佩带刀枪，感到害怕，赶紧牵着牛跑到庙外。

包公让里正范仲华找来裁缝补修轿顶。看他一时三刻还弄不好，就决定在这庙里了解民情，审理冤案。范仲华命几个村民从家里搬来桌椅，搭起公堂。又找一个地保敲着铜锣四处通知老百姓来告状。

"喂，凤栖村的父老乡亲听着，钦差大臣、开封府尹包大人驾临本村，现正在娘娘庙内升堂审案。哪家哪户，若有冤屈，就赶快进庙喊冤，包大人定能为你做主啊！……"

喊了好久，村民们无人响应，前来看热闹的可还是不少。地保见无人来告状，便提着锣回到庙里交差，向包公说："启禀大人，本村并无冤屈之事发生，无人前来告状。"

"噢?"包公不免流露出失望的神色。

看热闹的人们也都感到失望。他们久闻包公料事如神，足智多谋，善断各种疑案，而且专与权贵作对，为百姓撑腰。所以都想来看看他究竟如何断案的。可是，竟然无案可断。他们能不失望么？

包公又对村民们说："既无冤情可审，本官为你们排解纠纷也行啊！"

于是地保又拿起铜锣，到处叫喊："包大人愿为百姓公断纠纷。大家伙心中谁人与谁人有矛盾，快去娘娘庙请包大人公断啊！……"

这一喊，喊来了两个汉子。一个叫陈贵，一个叫朱显，互相扯着衣领，来到庙里，一齐跪下。

包公问他们有何纠纷，陈贵说道："小人陈贵，因贩牛得了七两银子。昨日携带银两进城，准备用这七两银子作本钱，买些物品贩卖生利。进城后，遇见同村人朱显，他也经常进城做些生意。他邀小人进一家酒店喝酒，小人想和他本是好友，就去了。因为小人喝酒往往易醉，醉后便什么也不知道了。而朱显却不大会喝酒，因此也不会醉。所以，小人就把七两银子全部交给他代为保管，以免小人酒醉遗失。接着，小人喝烧酒，朱显喝米酒。后来小人果然喝醉。酒醒后小人向他讨还银子，他却矢口抵赖，说我并未交银子给他。望大人为小人做主！"

包公又问朱显是怎么回事。这朱显回答说："回禀大人，小人和陈贵一起喝酒是事实，但他连银子的事也没提起过，更没有把银子交给我。今天酒醒后他突然问我要银子，岂不荒唐！他既有酒醉忘事的毛病，这银两不知是他自己遗失在何处，却来诬赖小人。小人与他既是好友，岂会赖他几两银子？望大老爷明察！"说着，脸上也是一副愤懑之色。

包公又问："你二人喝酒，可有别人在场？"

"并无别人。"二人都这样答道。

包公命他们先退下。又唤过张龙和地保到身边，低声命令他们如此如此。二人遵命去了。包公却又端起茶碗，大口喝茶，似乎并没有审案一样。

陈贵、朱显在一边都忐忑不安，不知包公会怎样处理这事，不过两人的表情却并非完全一样，包公早已看在眼里。

看热闹的人们也很纳闷，不知这包公葫芦里卖的是什么药？看他先是喝茶，接着又开始闭目养神了。有些人议论说："怕是断不出来了吧！"也有人说："包大人自己断不了这案子，大概在闭着眼睛求王母娘娘帮忙了吧！"

约摸过了半个时辰，包公突然把惊堂木"啪"地在桌上一拍，大声喝问道："朱显！本官等了你这么久，你还不认罪么？"

"大老爷明察，小人冤枉，实在没有拿他的银子啊！大老爷也凭空说是小人赖他银子，小人就是被打死，心也不服。"朱显坚持不承认。

王朝、马汉走上前去，就要把朱显揪翻，打他板子。口中说道："包大人料事如神，从未断错过案子，你这厮还敢狡赖，只有动刑了。"

"且慢，不必如此。"包公向他们挥挥手，王朝、马汉只好退下去。包公对朱显说："你说我没有证据。那好，等我把道理讲完，证据也就有了。第一，你既不会喝酒，却又拉陈贵喝酒，有意耽误陈贵进城买东西；第二，你明明知道陈贵有酒醉忘事的毛病，却偏偏把他灌醉。意图已经很明显，不是谋他银子还是什么？"

朱显还想抵赖。这时，却见张龙与地保飞跑进庙。张龙手中撑着一个包袱，双手递给包公，说："启禀大人，赃银在此。"

包公打开包袱，里面正是七锭雪花花的银子。包公再问朱显："你还有什么话说？"

连赃银都已被查来了，朱显还敢说什么呢？只好低头服罪，把如何骗陈贵银两的经过一一道出。

原来，包公通过察言观色和逻辑推理，断定是朱显赖了陈贵的银子。于是悄悄吩咐张龙和地保到朱显家里，对他老婆喝道："你家朱显已经服罪，承认赖了陈贵银两。现在包公命我二人来起赃银，了结此案。"朱显老婆见是官府来人，又听说自己男人已经承认。哪里敢抵赖，因为她知道，抵赖不交银子出来，只会对丈夫更加不利。于是很快找出那七两银子，连同包银子的包袱一齐交给张龙。等张龙拿回银子到庙里，朱显只好认罪。

于是，包公判这七两银子归原主陈贵。朱显不顾同乡友情，骗人银子，除将原银交还陈贵外，还要另外赔五两给陈贵，以示惩罚。

纠纷终于理清了。陈贵讨回原银，又多赚五两，可说是"塞翁失马"。而朱显骗银不成，反倒赔银，真是"偷鸡不成，倒蚀一把米"。

看热闹的人这回服气了，他们无不打心底佩服这位包大人，果真是名不虚传。

包公断了这桩小案后，见轿顶已经修好，便高声问："还有人鸣冤叫屈吗？如果没有，本官就要打道回东京了。"

庙里的人都不做声，却忽然听到庙宇门外有人大喊："冤

枉啊……"

包公一听有人鸣冤，就又来了精神。忙命喊冤人进到庙里来。

进来的是一位瞎眼老姬，已满头银丝，满脸皱纹。手挂一拐杖，一步一颤，走得好不艰难。

范仲华一看，这老姬竟是自己的"妈妈"。可她有何冤屈呢？难道……又一想，自己是尽心侍候她的，不至于告我吧。那她到底要告谁呢？

范仲华扶着她，走到包公面前，忐忑不安地对老姬说："妈妈，您面前就是钦差包大人，您有什么冤屈，就跪下申诉吧！"就着，就要拉她跪下。

哪知这老姬竟不肯跪，还说："当跪者才跪，只有人跪我，岂有我跪人？"口气真是不小。

张龙、赵虎等人见这老姬如此无礼，十分生气，便禀告包公说："大人，她定然是一疯老婆子，何必理她，耽误赶路呢？"

包公摆一摆手，示意他们不要多嘴。又对老姬说："你既是范里正的母亲，那我可以叫你'范婆婆'吧……"

"住嘴！我岂能是他的母亲？"老姬急忙打断包公的话。

"你究竟是什么人？有何冤屈，快快讲来！"包公也有些不耐烦了。

"我是何人和我的冤屈能否讲出来，要看你是真包公还是假包公。你是真包公我便告诉你，是假包公我回头就走。"老姬依然神情踞傲。

包公一听又来劲了，觉得这老姬也真逗，尽是古怪语气，于是问她："你如何知道我是真是假呢？"

"只须让我摸一摸你的脑后便可知道。"

原来，包公不仅姓包，而且后勺还长了个大包，包中央还有月牙印记，故称"包公"。不过，这后面一个缘故，却不是一般人能够了解，只限于包公家里人、皇帝、娘娘和朝中少数大官知道。现在，这老姬提出要摸他后脑勺，说明她来头不小。所以，包公也认真起来。他先命一随从穿上蟒袍，戴上官帽，走过去让老姬摸。

老姬一摸这侍从的后脑勺，没有包，便就势打一巴掌，骂道："何方狗才，竟敢冒充包公！"说着，就转身要回去。包公连忙跳到她跟前，让她再摸。

老姬又用手摸包公的后脑勺：真有个包！她的身体突然一阵颤抖，只听她大叫一声："包卿哪，哀家苦哇！"

包公听她如此称呼，更觉得这老姬非同凡响，决心要把她的案子查个水落石出。于是包公回到座位，问她道："既知我是真包公，那就把你的来历和冤屈讲出来吧！"

"请包卿屏退左右，我的冤屈只能让你一人知晓。"

包公挥一挥手，让左右退到后院。然后对她说："此处已只有你我二人，这下你该告诉我了吧。"

老姬这才说道："哀家不是别人，乃是先皇神宗的李妃，现在该是当今皇上的母后了。"

包公大吃一惊，心想：这可是闻所未闻啊。真要是皇太后，这案子可就大了。但既是太后，为何沦落到这种地步，会不会是其中有诈。于是问道："你既是太后，那你原居何处？"

"东京后宫龙凤阁。"

"先皇在世时还有哪些娘娘？"

"有狄后、张妃、孙妃、王妃、陈妃几位娘娘。"

"宫内太监有哪些?"

"陈琳、郭槐、秦凤、余忠等。"

包公又问她宫中一些制度,她回答得也一点儿不差,便有一半相信了。于是想再拜她几拜试一试,看她能否受得起。原来,包公是文曲星下凡,只能拜真命天子及其亲属,别的人都受不住他一拜,必然会跌倒在地。

这包公想好后,就走下座位,朝这老姬一拜伏地,口称:"太后受臣一拜!"看那老姬,身子晃了两晃,却稳稳当当地坐在椅子上。

这样,包公已相信了她多半,又问她道:"既是太后驾到,不知有何冤屈,又有何凭证?"

老姬从贴身汗衫中取出一个布包,又揭开裹布,拿出一张黄罗丝帕,递给包公。包公一看,正是先皇神宗御用之物,上面还有寇准老丞相的亲笔题词。

"看来一点不假,果然是李妃娘娘!"包公终于完全相信了她。于是再次向她磕头,口称:"不知娘娘驾到,臣罪该万死!"

"包卿免礼!"李妃娘娘讲述了她数十年前的沉冤。

三十多年前的一个中秋之夜,神宗皇帝携宫内两个贵妃喝酒赏月,一是刘妃,一是李妃。恰好两位娘娘都有孕在身。真宗见播下龙种,好不高兴!对二妃许愿道:"汝等二人,谁要是先生下太子,就立谁为皇后。"并拿出两张丝罗帕分赐二人。

李妃虽然想当皇后,但只是听天由命;而刘妃则是个心术不正的女人。她买通御医,打听出李妃的产期在自己之前。心想太子要被李妃先生下来，自己往后就要比她低一等。皇上看在太子的分上，也会更亲近她，冷落自己。这样一想，她真感到不寒而栗！于是她决定，无论如何，也要夺取皇后宝座。

看看两人的肚子都渐渐大起来。刘妃心中暗自焦急，找到太监郭槐为她想办法。这郭槐是个趋炎附势之徒，贪得无厌，为人心肠歹毒，他是在社会上混不下去才自动阉割进宫的。他看出刘妃比李妃更加得到真宗的宠爱，便与刘妃勾结在一起，设下一条毒计，要置李妃于死地。

终于到了李妃临盆的日子，郭槐收买了御医和稳婆。等李妃刚生下孩子——果然是太子，就把他抱进里屋，装进一个礼盒之中，而襁褓之中却换成一只剥去皮毛的小狸猫。这就是闻名一时的"狸猫换太子"的故事。郭槐又买通了一名宫女，将装有太子的礼盒扔进御河；又将用襁褓包起的狸猫捧着面见真宗，奏说李妃生下一只妖物，如不将李妃除掉，宫内妖气难除，大宋江山难保。真宗一听龙颜大怒，只略微看了一眼襁褓，更觉得恶心。于是传旨，将妖妇李妃赐死，就是要李妃自杀。

那扔礼盒的宫女走到御河的九曲桥上，正要扔下，却听见盒里传来哇哇的婴儿哭声。她觉得奇怪，就不顾郭槐的警告，把盒子打开，一看却是一个刚生不久的小男婴。她知道宫中只有李妃刚生了孩子，却被郭槐和刘妃说她生了只狸猫。看来，这一定是一场阴谋。这男婴一定是李妃刚生下的太子。她怎能把这太子扔进御河淹死呢？可要不扔，这太子谁去喂养？自己又怎样向郭槐交代呢？

正在犹豫的时候，恰好老太监陈琳也从这儿经过。他见这

宫女神情慌张，形迹可疑，便走近查看。宫女不敢隐瞒，说出郭槐指派她扔太子的事。陈琳忙将太子接过来，命宫女将那个空礼盒抛入御河中。接着自己抱起太子，直奔八贤王的王府，把太子送给他们夫妇，并说明是李妃所生。八贤王是真宗的堂弟，为人耿直，当即收养了太子，只说是自己的孩子。

那时候，真宗宠幸刘妃，刘妃又勾结郭槐等，势力很大，谁也不敢惹他们。陈琳只好将此事埋藏在心里，不敢启奏皇帝，更不敢对外人讲。

李妃被迫领旨自尽，找来一根绸练，把自己吊起来，也是命不该绝，被陈琳发现后救下，悄悄把她也送到八贤王府里。八贤王的妻子狄娘娘陪她住了些日子，将息好身子，也见了太子。但她是被赐死的皇妃，不能在八贤王家久住，只好逃出东京，另谋生路。临行前，她抱起太子亲了又亲，哭成泪人儿一般。为了日后与太子见面时能有证据，她和狄娘娘把太子的脚板心上用针刺破皮，然后涂上丹青，以后太子脚心便有了印记。李妃还把原来在宫里时画师给她画的一张头像留在八贤王家里，以备日后作为太子认母之用。

李妃以后便隐姓埋名，到处流浪，后来辗转来到这凤栖村，遇见这房亲戚范胜，就住在范家。范胜忠心耿耿，小心侍候她。范胜死后，范仲华也更加细心照料她。无奈这李妃身负沉冤，思念太子，加上在宫里养尊处优惯了，哪里过得了贫寒的日子！所以常常不思茶饭，夜不能寐，没几年，就把头发急白了，人也迅速苍老。她的冤屈一日不能伸，她就觉得仍在苦海中受煎熬。就这样，在这偏远的小村里，她艰难地打发着日子，艰难地熬过了三十多年。皇宫里的事她从此也不知道了。

再说刘妃勾结郭槐施用了"狸猫换太子"的奸计后，不久也生了一个男孩。这男孩就被立为太子，刘妃也顺理成章地成了刘皇后。可这太子天性贪玩，又不知厉害。长到四岁时的一天，在御花园玩耍，不慎跌入御河中，这水冰冰凉彻骨，太子经受不住，被救起后，就生了重病。真宗皇帝派了所有御医给他治病，也没能治好，终于一命呜呼，夭折了！真宗和刘皇后都万分悲痛。而且，真宗年事渐渐已高，很难再生育。眼看大宋皇统无人继承，这时，朝中大臣纷纷要求真宗另立太子。真宗只好答应，接历朝规矩，皇帝无子，就从亲王的儿子中选立太子。这样，八贤王家的这个孩子就最有资格。八贤王趁机将这孩子送进皇宫，真宗见他相貌端庄，聪明伶俐，倒也喜欢他。不久，这小孩便被立为太子。他就是当朝皇帝——宋仁宗。

后来，神宗驾崩，仁宗即位。他哪里知道自己的身世，所以依然尊刘皇后为太后。郭槐也加倍小心服侍仁宗，从而能够继续控制后宫的大权。

刘太后和郭槐为了控制仁宗，又与朝廷的奸臣勾结在一起。当时，朝中最有权势的是三司使张尧佐。郭槐便让他把三个侄女都送入宫中，先当宫女。由于郭槐和刘太后悉心调教，其中的老二渐渐得到仁宗的宠爱，当上才人，接着升为美人，不久升为修媛。这女子深得刘皇后真传，很有一套媚主的办法，没过几年，仁宗已对她宠上加宠，终于又册封她为贵妃。先前宠爱过的那些美人全被抛在一边。郭槐又勾结奸臣吕夷简，诬蔑郭皇后行为不端，私下怨恨皇帝。仁宗一气之下，便废了郭皇后。

皇后虚位后，张贵妃极力想当上皇后，刘太后、郭槐与张

尧佐等人都极力怂恿仁宗，要他册立张贵妃为后。仁宗也有此意，但当时大臣们的反对意见太大。张尧佐因为贪赃枉法被包公、唐介等大臣多次弹劾，仁宗皇帝才不敢贸然行事，册立皇后之事就搁置在一边，但张贵妃此时已经宠冠后宫，势动朝廷了，实际上成为无冕之后。

有了张贵妃的权势，刘太后、郭槐的势力更加巩固。所以陈琳和八贤王仍然不敢道出真相。这样仁宗皇帝就一直还被蒙在鼓里，每日除了批些必要的奏章以外，就是和张贵妃一起听歌看舞，郊游打猎，形影不离地厮守在一起。

李妃又说："哀家苦熬了三十多年，不知朝中之事，但也听得本朝包龙图的大名。今日得遇包卿，真是天意，我的沉冤昭雪有望了。"

包公说道："太后知道我老包的为人，生平最恨的就是阴谋害人。所以太后且请放心，只要有我在，就要做到有冤必雪，有屈必申。不过，眼下朝中大权多掌握在张尧佐等人之手，宫内又有刘太后、张贵妃、郭槐几个把持。所以您不能着急，还得在这凤栖村暂住些时日。待我回朝后设一妙计，点醒皇上，然后再来迎您回宫。"

李妃答应。包公又叮嘱她切不可走漏消息，布置停当后，包公又登上轿子，往东京回赶了。

回到东京，包公先到自己的府衙，翻开案卷，看是否又有新案。然后才到朝廷向仁宗交旨。他这次放粮，已历时一段日子，今日回到朝廷，满朝文武都来为他庆贺。

包公递上奏章，将此次放粮的经过情形和效果都细细写在里面。仁宗看了奏章，连说："陈州放粮，救活数十万百姓，包卿功劳不小!"传旨设宴庆功。包公连称:"这是皇恩浩荡,并非是臣的功劳。"

过了几天,便是中秋佳节了,仁宗登基已整整十年。为了庆贺,宫内宫外都扎起了花灯。仁宗表示这一天要与万民同乐,于是在包公等人的陪同下前去赏花灯。他们先看完宫内的灯,接着又走出宫门,到街上去观故事灯会。

他们来到朝门之外,灯官前来拜见万岁爷和众位大臣。然后领着他们一边观看,一边解说。

"这边是缀字灯,每灯一个典故,连在一起又成一至十的数字。"

"这是一夫当关灯、二女侍舜灯、三顾茅庐灯、四海龙王灯、五子登科灯、六臂哪吒灯、七女下凡灯、八仙过海灯、九天蚕女灯、十面埋伏灯……"果见灯笼上都分别画着图画,颇是好看。看得仁宗也兴致勃勃。

包公指着对面一条巷子说:"陛下,那对面的灯必然更加好看,您看那真是人山人海!"

"那好,过去看灯。"仁宗传旨说。大家便向巷子走去。

这巷子也是些典故花灯,但却别开生面。灯官在一边全放着"忠孝灯",另一面却放着"奸逆灯"。所以看的人特别多。

"忠孝灯"里有"周公辅成王""诸葛事蜀主""黄忠温席""孔融让梨"等典故;"奸逆灯"里有"王莽篡汉""朱温篡唐""董卓卖官""石敬瑭割地""张继保不孝遭雷劈"……

仁宗看"忠孝灯"时笑逐颜开,连连夸奖灯官。可走到另一边看到"奸逆灯"时,便勃然大怒,大喝"拿下灯官"。

包公忙说道:"万岁且慢,为何要拿下灯官问罪?"

"扎花灯，从来都是以扎忠孝仁爱为主题，这灯官竟敢扎这许多'奸逆灯'，不拿下更待何时？"仁宗仍然很生气。

"万岁息怒，这不怨灯官，是臣让他扎的。"

"哦？是你？扎这些不忠不孝的灯，你的意图何在？"

"正是以不忠不孝之灯，教育不忠不孝之人。"

"谁是不忠不孝之人？你且奏来，朕定会重重惩罚他。"

"这不忠不孝之人来头太大，臣不敢讲。"

"无论何人，讲来无妨！"

"万岁您正是不忠不孝之人！"包公说完，神情镇定。

"大胆！竟敢训谤朕，你以为朕就不敢杀你了么？"仁宗龙颜大怒，喝令禁军拿下包公。

随行文武大臣见此不妙，忙替包公求情，说他因操劳过度，在说胡话，请陛下留情。

仁宗也是想吓一吓包公，免得他过分狂妄，并没有杀他的意思。却听包公大声叫道："臣从来不说假话，陛下自己做了忤逆之人，还执迷不悟！"

这一句话，说得的仁宗无明火高高燃起，气急败坏之下，准备命禁军将包公推出斩首。

仁宗转念一想：中秋佳节，杀人可不吉利，这包黑子如此倔犟，是不是了解到什么隐情？还是不杀他好些。于是问道："包拯你说，朕为何是不忠不孝之人？"

包公回答道："陛下只顾自己在宫里享乐，却把生母丢在一边不管，让自己生母度日如年地熬着苦日子。陛下说这是忠孝还是奸逆？"

"胡说，朕之生母乃狄娘娘，她在八贤王府里享尽富贵，

129

哪里还有什么苦日子可言?"

"陛下生母不是狄娘娘,而是李娘娘,她现在还在乡下受苦!"

"有何证据?"

"八贤王和狄娘娘,还有陈琳,都可以证明。"接着又把在凤栖村遇到李娘娘的事讲了出来。

第二天,仁宗先宣陈琳上殿,突然问道:"你可知道,朕是哪宫所生,哪宫所养?"

陈琳见皇帝亲自问,只好说实话:"陛下是李娘娘所生,狄娘娘所养!"

"当初为何说朕是狄太后所生所养?"仁宗继续追问。

这时,陈琳和盘托出三十多年前的那桩往事。

待陈琳退下后,仁宗又请来叔父八贤王,要他讲出真相。八贤王把李妃如何被陷害,如何自杀被救,陈琳如何把她送到他家,李妃又如何出走……都全部讲出来给仁宗听。然后,他又拿出李妃的画像给仁宗看。仁宗一见,和自己样子如此相像,不是母子还是什么?八贤王还提示仁宗脚底心有一黑点,也是李娘娘专门留下的印记。

仁宗抬起脚一看,果然脚心有一黑点。过去,自己竟然还没有看出这一点来。

仁宗这才相信自己真是李娘娘所生,他忙宣包公进殿,问他:"你既说李娘娘已在陈州凤栖村,有何凭证?"

包公回答说:"她有一块先帝所赐丝帕为证。"说着,从怀里拿出那张丝帕,递给仁宗。

仁宗仔细查看,见果然是先帝御用之物,那寇丞相的笔迹

丝毫不差。这才向包公道歉说："包卿，朕多亏了你，才找到母后！"

接着，仁宗传旨：郭槐凌迟处死，刘太后赐自尽褫夺皇太后尊号；亲自备驾迎母后李娘娘还宫，范仲华侍候李娘娘有功，赐四十亩土地，重修其父之墓。

九月初九日，李娘娘乘坐的凤辇大驾，在大队车马的护送下，来到东京。东京城装饰一新，彩灯高挂，凤辇进入皇城后，仁宗亲扶李娘娘登上宝殿，仁宗当众宣布，尊李娘娘为皇太后，由众亲王、大臣、太监依次拜见。

仁宗又向母后说起包公的功劳，说要不是他，王儿至今仍蒙在鼓里，求母后怒儿不孝之罪！

李太后听说后，不禁失声痛哭起来，她想起这几十年所受的折磨，想起包公为自己差点儿被杀，不禁十分伤心和生气，连周围的大臣也都流出泪来。

只见她喊一声："拿棍来！"

皇帝不敢不依，命内侍取过一棍铜棍，交给太后。

太后把棍子交给包公：命他打这不孝无道的昏君三大棍。

包公接棍在手，却感到左右为难。打吧，不敢真打，臣打君是大逆之罪；不打吧，又违背了太后的意愿，惹她生气。沉思再三，忽然想出了一个能够两全的办法。

只见包公提着棍子，走到仁宗面前。仁宗身为万乘之尊，自出生以来，几曾挨过别人的打？从来只有他打别人。可现在是失散数十年的母后要打他，无论如何也不能违拗。他见包公奉命走来，便站在原地不动，等着包公打他。他知道包公是个忠心耿耿的大臣，一定不会狠打他这个皇帝的。所以对包公要来打他也并不怎么在意。

哪知包公突然说道："陛下请脱下龙袍。"

仁宗大惊！心想：你这包公真是胆大包天，有意欺侮我这皇帝！官府打犯人也不脱衣服，可你却要我把龙袍脱了再打。好把我打疼些！哼，我就脱了龙袍，看你又能把我打得怎样？过了今天，你就有好瞧的啦。于是愤愤地脱下龙袍，递给包公，只穿贴身汗衫，准备咬牙受皮肉之苦。

李太后也是一惊。她要打仁宗，只是想出一出自己的闷气，并非真要把他打疼。现在她见包公要仁宗脱下龙袍，以为他真的要狠打仁宗。忙问："包卿，为何要他脱下龙袍？"

包公说："这样臣才好执行太后之命。"

太后说："包卿，打他几棍便是，不要打坏了他呀！"

"臣领旨。"说着，包公就举起棍子，要往下打。仁宗闭上眼睛等着那棍子落在身上。这时，旁边站着的八贤王、宰相王延龄和老太监陈琳一齐惊呼："包公不可！"

包公这才笑了一笑，说："自从盘古开天地，三皇五帝，到于今，只有臣下挨君打，哪有为臣的敢打君？龙袍穿在君身上，臣打龙袍如打君。我这是打陛下的龙袍啊！"说完一手提龙袍，一手举棍子，"扑、扑、扑"接连打了三下。然后把青铜棍交给太后，说："臣交旨。"

太后悬着的心这才放了下来，仁宗也转怒为喜，群臣也都佩服包公的这一妙计。仁宗皇帝亲封包公为御史中丞。

由于刘皇后、郭槐被除，张贵妃在宫中失去依托，虽然依然得到仁宗的宠爱，但由于李太后还宫，使她不敢任意胡为。不久便抑郁病倒，没过几年就病死了。而在朝廷之中，由于包

公负责御史台，朝官们不得不有所顾忌。张尧佐等贪官被包公多次弹劾，虽然仁宗看在张贵妃的面子没有惩罚他，但也只好把他从三司使调到外地。从此，朝廷少了奸臣，大宋又更加昌盛兴隆，国泰民安。

后来，包公又升任三司使和枢密副使。六十四岁时，在朝廷处理公事的时候突然发病，不几天就逝世了。临死之前，他为包家子孙后代立了一条"家训"：

后世子孙从政做官的人如果有贪赃枉法者，活着的时候不许进包氏家门，死后不得葬进包家祖坟。

包公逝世后，满朝上下都很悲哀。仁宗亲自主持祭奠仪式，追赠包公为礼部尚书，赐给"孝肃"公的谥号，并宣布停止视朝一天，以志哀悼。朝中文武大臣也都为大宋失去这位杰出的法官而惋惜。整个东京城，都沉浸在哀伤的气氛中。全国各地纷纷为包公立祠庙，安徽合肥包公祠有副对联写道：

照耀千秋，念当年铁面冰心，建谠言不希后福；
闻风百世，至今日妇人孺子，颂清官只有先生。

身虽胡人，魂系中华
——耶律楚材的故事

拯救苍生

公元 1215 年，成吉思汗率领的蒙古铁骑攻陷了大金国的中都燕京城。二十多万名来自沙漠和草原的剽悍军士，疯狂地涌进这座繁华的都市。他们像挟着黄沙的风暴，来势迅猛，不可阻挡，燕京城在他们的冲击下只有战栗和呻吟。为了报复燕京军民一个多月的抵抗，成吉思汗下令屠城三天，让他的部下尽情杀戮、抢劫和奸淫！

于是，蒙古兵个个都变成了野兽，他们见人就杀，见物就抢。燕京的百姓正经历着一场史无前例的劫难！人们东躲西

藏，无处躲藏的人要么引颈就戮，要么在被杀前作最后一次徒劳的反抗。而那些契丹人、女真人和回回则争先恐后地换上蒙古装束，借此逃避灭顶的灾祸。城内大街小巷，尸体枕藉，血流成渠。许多店铺和家庭被洗劫一空，无数房屋被付之一炬。女人们更是无法免遭被蹂躏的命运。金朝的后宫更成了野兽横行的场所，里面的珍宝和美女，甚至引起了蒙古兵的自相残杀！

三天，仅仅三天，昔日繁华的燕京城便成了一座阴风惨惨，鬼哭狼嚎的人间地狱。

大金国衰败了。它的都城正躺在血泊中呻吟，它的宣宗皇帝无力保护自己的臣民，自己仓皇南逃到汴梁，苟延残喘着行将灭亡的统治。而大蒙古国崛起了。它的领袖正傲视天下，它的军队所向无敌，正以风卷残云之势向前推进。

这一切，被一个人看在眼里。此刻，他还是大金国的臣民。燕京沦陷的这几天，他为了逃命，不得不东躲西藏，他还来不及仔细思考大金国为什么会如此迅速崩溃的问题。他，就是元朝前期杰出的政治家——耶律楚材。

耶律楚材，字晋卿，出生在辽东的一个契丹贵族家庭。他出生的时候，父亲已年近花甲。老年得子，心里的高兴自不必说，又见儿子生得浓眉大眼，就更加喜欢他，希望他长大后成为雄才伟器。当时，金国已经日益衰败下去，而蒙古正在兴起。父亲知道儿子长大后必将成为他国所用的人才，就按《左传》中"楚材晋用"的典故，给他取名楚材，字号晋卿。没想到，这个名号，恰恰正如他日后的命运的概括。

耶律楚材刚满三岁，父亲就去世了。在母亲的教育下，他很早就懂事了。他从小饱读了各种书籍，掌握了丰富的知识。史书上说他"博极群书，旁通天文、地理、律历、术数及释老、医卜之说"。也就是说，他几乎通晓当时的各门知识，包括佛教、道教、算卦相面之类的学问。

他不仅知识渊博，而且也长得一表人才，相貌堂堂，器宇轩昂，留一齐胸的长胡子，魁梧的身材，浑身焕发着一股逼人的英气。

二十岁那年，金朝皇帝亲自主持考试，他以第一名通过。接着皇帝让他当了草拟文稿的秘书官。这个职务远不能让他施展才华，于是他主动要求到地方去担任职务，朝廷满足了他的愿望，他先后在好几个州担任过官员。不过，当时的金国，外有强敌，内有纷争。以宣宗为首的统治者都仍只顾享乐，他们并不重视人才。耶律楚材曾经提出过许多好的建议，但一条也未被采纳。而且，他只能担任中下级职务，没有过问国家大事的资格。他失望，但更担心朝廷不整顿内政，加强边防，迟早会有亡国之祸。

现在，这种担心正在迅速成为现实。中都的沦陷，使大金国已经名存实亡了。眼下蒙古兵正在大肆搜捕大金的官员。耶律楚材幸亏有朋友帮助，才悄悄溜出城，躲进附近一个名叫"玉泉寺"的庙宇里，投靠寺内主持万松禅师。万松禅师是他父亲的好友，同他也有师生之谊。为了安全起见，禅师让他换上袈裟，整天混在和尚中间，装成佛家弟子。蒙古人笃信佛教，寺庙是蒙古兵唯一不敢侵扰的地方。所以他身居佛寺，倒也安然无事。

他心灰意冷，加之他本来就了解佛教，所以他也就以寺为

家，成天钻在佛经堆里悠然自得，也不想进取功名。在这寺庙里，他一住就是三年。

这万松禅师是禅宗高僧，极有道行和学问，不仅精通佛教，对儒、道两家学问也很有研究。他看出天下大势已在蒙古人的掌握之中，而大金的气数已尽，就勉励耶律楚材积极进取，追随一代天骄成吉思汗去建功立业；施展自己的才学，实现自己的抱负。耶律楚材曾亲眼看到过蒙军的暴行，感情上一时转不过弯来。不过，他毕竟不是汉族士大夫，没有汉族士人那种"一臣不事二主，一女不事二夫"的死板的节操观念。经过禅师的多方劝导，他同意为成吉思汗效力。他想，蒙古人统一天下已经是必然的趋势了，反抗他们已经起不了作用。但总不能眼看着他们攻陷一城，就纵兵残杀平民百姓而不管哪！可是怎样才能拯救苍生呢？只有一条道路，那就是设法进入蒙古军队的领导阶层。首先，要获得成吉思汗的信任。

恰在这时，成吉思汗打算从燕京南下，夺取中原，灭掉金国，进而进军长江流域，统一全中国。中原自古以来就是人文荟萃的地方，如何治理这个地区，成吉思汗心中没底儿。于是就贴出了一道招贤榜，说："本大汗替天行道，扫灭各国，统一天下，现在急需既能够随军参与谋划，又通晓中原地区的语言、风俗，并能处理好行政事务的人才。希望社会上有学问有抱负的人踊跃报名，参加选拔。一旦入选，就立即予以重用。凡向本大汗推荐了人才的，也将受到嘉奖。"

当时，成吉思汗所需要的人才是必须精通汉族文化，但又不是汉族和蒙古族的其他族人。因此，耶律楚材是最合适的人选。他是契丹人，精通汉族文化，又担任过官职，在燕京一带也很有名望。

招贤榜贴出后，万松禅师立即通过蒙古的和尚向成吉思汗推荐了耶律楚材。燕京的蒙古官员对他作了细致的调查以后，就派人送他到漠北的蒙古大营去觐见成吉思汗。

耶律楚材踏上了北上的征途。他和陪同前往的蒙古官员一起，从燕京出发，出居庸关，越过长城，向蒙古草原进发。沿途但见天高云淡，一群又一群大雁掠过头顶，向南飞去，一群又一群牛羊散落在宽广无垠的草原；时而也看见几个生得强壮剽悍的蒙古牧人，骑着高头骏马，在牛羊群周围驰骋。这般景象，比之燕京，自然是别有一番情趣。

那蒙古官员问："耶律先生，您看大雁都往南飞，而您却在北上。您是怎样想的呢？"

"大雁南飞，无非是畏惧北方的寒冷，贪恋南国的温暖。我现在北上，是去朝见大汗，辅佐他成就大业，寒冷又有什么可怕！我这北上又岂是这种飞禽可以相比的？"耶律楚材回答说，话语中充满自信。

"先生的志向远大，令人佩服！"蒙古官员称赞他说。

一路上晓行夜宿，走了一月有余。终于翻过了阴山，到达了漠北。

在这里，成吉思汗接见了他。这位被誉为天之骄子的传奇人物确实有一种使人不敢仰视的威慑力，一种至尊无上的气度。耶律楚材不由得肃然起敬，跪在这位大汗面前，说道："燕京臣民耶律楚材前来觐见大汗！"

要知道，当时的蒙古人还不会行跪拜礼，所以，成吉思汗不知道他是在干什么，旁边的官员解释说，这是汉人的礼仪，

表示他对大汗您的敬仰。

成吉思汗感到既高兴，又新鲜。又见耶律楚材身材高大，相貌儒雅，漂亮的长胡子，两眼炯炯有神，声音洪亮浑厚，中气十足，成吉思汗对他就有了好感，连忙上前请他起来。

接着，成吉思汗和他谈起天下大势，行军战略，治国之道，借此考考这个远道而来的青年。

耶律楚材用流利的蒙古话回答，他说古道今，旁征博引，分析问题能一下子切中要害，论证观点时能丝丝入扣，使听的人往往不自觉地顺着他的思路往下想，自然而然地同意他的看法。他向成吉思汗分析了蒙古、金和南宋以及西域各国各自的情况，提出了如何加强军力，如何进攻以及如何统治被征服的地区，听得成吉思汗连连点头赞许，两旁的蒙古官员也露出了惊讶的神色。

成吉思汗连连称赞他："我早就听说你是个博学多才的人，果然名不虚传。了不起，真了不起！"成吉思汗对他评价很高，他顺利地通过了这场对他十分重要的面试。接着，他被任命为成吉思汗的顾问，终于在蒙古族上层立下足来。成吉思汗有事，常常问他的意见，每次他都能给一个满意的答复。

蒙古军队又准备出征了，但进攻方向却始终没有决定下来。有的主张先西征；有的主张南征，一举消灭金、宋两国；还有的主张西征、南征同时进行。成吉思汗拿不定主意，就来问耶律楚材。

耶律楚材回答说："依我看，大汗您的军队应先定中原，再征西域，最后灭南宋。"

"为什么呢？"

"因为中原的金国，气数已尽，不难一鼓作气地平定。南边的赵宋王朝，国力衰落，皇帝、官僚都只知道寻欢作乐，心安理得地偏安于一隅，根本不重视国防，所以也不是大汗的威胁，勿须立即南下。再说，大汗的士兵来自高原，不作休整即南下灭宋，可能会不服水土。而西域还是多国林立，并且这些国家的人野性十足。西夏虽已衰弱，但随时可能东山再起；花剌子模等国的统治者，还不知道大汗您的天威。如果不加以征讨，等他们势力长大或联合在一起时，就难以对付了。另外，大汗在平定了中原后，就应该用礼义来加以治理，使汉人自然而然地拥护您。汉人生性懦弱，但是人口众多，而且很讲礼仪。您只消借助孔夫子的学说，就不难统治他们。而且，在中原施行仁政，对于日后平定江南也很重要。这样恩威并施，大汗的文治武功必将成为古今第一。"

一席话，说得成吉思汗心悦诚服。不过他觉得，耶律楚材是契丹人，祖先是辽国王族，也许是为了报金灭辽的仇恨才来投靠自己的，不一定是真心为了蒙古。心里不免有些犯疑惑。于是又问："女真人灭了你们契丹人的国家，这个仇恨我可以帮你报啊，你有什么要求？"

耶律楚材知道成吉思汗还不完全信任他，就回答说："那是国家之间的仇恨，我个人何必计较呢？再说，一国兴起，一国衰亡，也是上天安排的，这个道理我难道还不明白吗？更何况我的祖父、父亲和我本人三代都是金国的大臣，哪里谈得上记恨金国呢？我是看到金国的气数已尽，而大蒙古则像清晨的太阳，蒸蒸日上；大汗您又是了不起的一代圣主，跟着您我可以施展自己的才能，为蒙古也为天下的百姓尽力。我这才不避

嫌疑来投奔您的。"

　　成吉思汗见他态度诚恳，胸怀坦荡，心中的疑云一扫而光，对他也就更加信任和亲近。亲热地叫他是"吾图撒合里"，也就是"长胡子"。不久，又委任他担任了副宰相，负责起草诏令，并随时参与重要的军机决策。从此，他跟随成吉思汗东征西讨，成了成吉思汗离不开的左右手。成吉思汗每遇决定不了的事，就去找这个"长胡子"出主意。

　　不久，蒙古大军南下，进攻汴梁。汴梁城的军民早已知道蒙古人残暴，如果城池被攻破，必然会像燕京人民一样惨遭屠城！所以，全城军民同仇敌忾，不分男女老幼，也不分官民和军队，人人都殊死抵抗，争相杀敌。蒙古军队虽然强悍勇猛。但是在汴梁军民这样的抵抗面前，也久攻不下，并且死伤极其惨重。

　　成吉思汗原以为小小汴梁，在蒙古军的强大攻势面前会主动开城投降，没想到还会遇到如此顽强的抵抗。他感到十分恼怒，发誓在破城之后，要杀得汴梁城鸡犬不留，接着，他又从蒙古高原征调了大批援军，更加疯狂地进攻汴梁。汴梁军民抵抗了一个多月以后，伤亡惨重，城内粮草用尽，疾病流行，抵抗能力大大降低。眼看汴梁城就快要守不住了！

　　就在这个时候，成吉思汗在汴梁城外的军营里召开御前会议，商定破城后的行动。这是一次决定汴梁乃至整个中原地区的千百万人民生死存亡的重要会议！

　　成吉思汗端坐在大营中央，各军政要人肃立在两旁，气氛异常严肃。成吉思汗先说道："汴梁旦夕可以攻下，中原也指日可以平定。我军这一阶段的军事任务就快要完成了。现在的问题是如何处置汴梁城里的汉人，如何统治中原这块地方。希望大家都发表意见。"

一个满脸络腮胡子的大臣站出来，他是副丞相（当时称"左司马"）别迭。他说："处置汴梁城的汉人嘛，依我看，还是照老规矩办——屠城！因为'挡我者死，迎我者生'，是大汗亲自定下的规矩；对燕京也是这么办的。汴梁的军民，负隅顽抗一个多月，造成我军死伤了好几万人，比燕京的人更加可恨。因此，我建议破城后，即令我军将士屠城七天，借此惩戒那些敢于不服从大汗天威的汉人，并为在攻城战斗中归天的将士报仇。"

他这样一说，马上就有好多蒙古大臣齐声附和，他们高叫着："屠城！""杀尽汉人！""烧毁汴梁城！"……

成吉思汗听后一摆手，要他们别再大声喊叫，又问："谁还有别的意见吗？"

耶律楚材急忙出列说道："请大汗听臣的建议，不要屠城！"

"为什么？"成吉思汗绷紧了脸问。

"大汗，您率领全军将士东征西讨，十多年来征尘未息。目的无非是要让将士们得到土地和人口。可要是把人都杀光了，土地取来又有什么用呢？再说，这汴梁城的人之所以抵抗大汗的军队，那是金国小朝廷强迫的啊，要杀只能杀金国的统治者完颜氏一族，怎么能殃及无辜的汉人呢？此外，说到屠城的规矩嘛，请大汗恕我直言。您的原意是借此惩戒敢于抵抗的敌人，然而，实际上却反倒激起敌方人民的殊死抵抗。因为屠城使他们感到，只有守住城才有生路。这样，不是反而会造成我军的更多伤亡吗？"

成吉思汗的脸色平和了些，他觉得两种意见都有道理，又都不能令他满意。这时，大将军速不台又站出来，对耶律楚材大声吼道："你竟敢反对大汗定的屠城规矩，是什么居心？要是不屠城，怎么显示大汗的天威？又怎么能够为死伤的将士报仇呢？"

耶律楚材回答说："我劝大汗不屠城，是为大汗着想。汴梁是中原的名城，也是历朝的故都，能工巧匠、富家财主不计其数。这些劳动力和钱粮都可以为大汗所用啊！大汗出兵是要统一天下，而不是为了狭隘的复仇。攻克了城池，拓展了疆土，阵亡将士的血就没有白流！如果屠城，杀光烧光以后，我们也将一无所获。况且，大军还要出征别处。为什么不好好安定中原，在这里厘定税收。这样既可以使老百姓拥护大汗，又可以解决军需钱粮。何乐而不为呢？"

别迭等大臣们见讲道理讲不过耶律楚材，不禁恼羞成怒，一齐围攻他。别迭说："耶律中书不是我们同族的人，不会为我们蒙古着想，他只是一介书生，哪里懂得我蒙古的军机大事？请大汗将他赶出军营！"

"赶走这个契丹人！""杀掉他！"大臣们又叫喊起来。成吉思汗用眼睛扫视了他们，才制止住了他们的冲动。

耶律楚材脸上丝毫没有一点儿害怕的样子，说道："我是契丹人，这大汗知道，我真心投靠大汗，为蒙古出谋划策，问心无愧。我的去留，自有大汗做主。"

成吉思汗从座位上站起来，斥责别迭他们说："既然今天是商讨破城的行动，有什么看法都可以提出来嘛。你们为什么不让长胡子说话？他的忠心本大汗清楚，你们不可再如此胡闹下去了！还是谈谈怎样治理中原吧！"

又是别迭打头阵。他大声说道："依我看，汉人虽多，但对我蒙古却有害无益。我建议，把中原的汉人杀个干净，把他们的农田改为牧场！"

速不台等人立即附和："把中原变成牧场，我们蒙古人就能在这里放牛放羊、骑马射箭，那岂不是妙不可言的事！请大汗下令吧！"

成吉思汗还在犹豫，他觉得，不屠城，不杀汉人可以，但如何统治他们，尤其是如何管理中原这片广大的土地，他还拿不定主意。

耶律楚材又站出来对成吉思汗说："请大汗千万别杀汉人，更不要毁坏农田。我给您算了一笔账，只要大汗让中原百姓有了生计，那么每年在这里至少可以征收到五十万两白银的税款，还有五万石粮食，十几万匹布帛。这么大一笔收入难道能说对蒙古无益吗？相反，如果杀了百姓，毁了农田，就不仅得不到一点儿收入，而且也不可能把这里真正变为牧场。因为这里自古以来就是农耕地区，气候、地理、水土都不适合放牧。再说，中原变了牧场，粮食又从哪儿来呢？请大汗明察，做出决断。"

这番话，连别迭听了也觉得有道理。孰利孰弊，已经清楚。成吉思汗终于同意了耶律楚材的意见。他说："我看，还是长胡子说得更有道理。那我就依了你，不屠城，也不毁农田。但是，汴梁城里的人并不了解本大汗的宽大啊！"

耶律楚材回答道："这不难办，只要您下个圣旨，就说我军讨伐汴梁只是为了除掉贪婪残暴的完颜家族，拯救广大人

民。只要不与我军为敌的，本大汗一律视为大蒙古国的臣民，决不会加以杀害。本大汗还要废除金人暴政，以仁义礼仪治天下。这样，一旦汴梁城内百姓知道您是保护他们的，就肯定会打开城门，欢迎我军进城的。"

会后，成吉思汗下令全军，攻下汴梁后不许屠城，必须遵守大汗军令行事，违者杀头。他又派嗓子大的人向城内叫喊：不要再进行无益的抵抗，也不要四处逃难，大汗的军队不会杀害无辜的人，只惩罚完颜家族。

这样一来果然收到了效果。城内抵抗的人少了。不久，完颜珣（金宣宗）率领皇室成员和亲信大臣连夜出逃。第二天，蒙古军队进入汴梁城，第一次显得纪律严明，不扰百姓。城内的人民依然逃走了不少。留在城内的人起初也关门闭户，躲藏起来。过了几天还没见有动静，慢慢地就有人走出来了。他们看见蒙古军也并不像想象的那样可怕，就通知躲藏起来的人全都出来。渐渐地，汴梁城恢复了正常。

耶律楚材让成吉思汗破了屠城的惯例，汴梁城的人民幸免了一场燕京式的浩劫。中原的百万苍生侥幸躲过了蒙古人的刀剑，万顷良田侥幸没有成为芳草萋萋的荒地。要不是这样，中国这后来的历史，不知会是一幅怎样的画面啊！

不久，成吉思汗去世，新的蒙古统治者又接受耶律楚材的建议，大力提倡儒家学说。这样，不可一世的蒙古人从此也开始学习汉人的文化了。而这也是耶律楚材这位契丹人的功劳！

燕京除暴

　　蒙古人攻占燕京以后，设立了燕蓟长官府来统治这一带地方。元太宗时候，担任这一职务的是石抹咸得卜。此人跟成吉思汗沾点儿亲，又因为作战勇敢，立下功劳。所以由一个百夫长平步青云地扶摇直上，当上了燕蓟长官这样重要的地方大员。可是他不过是一个猎户出身，一点儿文化也没有，又生来仇视汉人。因此，元太宗把偌大一个燕京交给他这种莽夫来统治，广大的汉族百姓可就遭殃了！

　　石抹长官不仅把自己的亲属都安插在燕京做官，自己妻妾成群，奴仆上千，而且手下一个个都是魔鬼出身一样，好不狠毒！那欺压百姓、荼毒生灵的手段，可说是闻所未闻，见所未见。他们每次出府上街，都是华丽车仗，高头骏马，奴仆们前呼后拥，鸣锣响炮，十分威风！而百姓们一见他们来了，无不像躲瘟疫一样。跑不快的，不是被棍棒打死，就是被马踩死，很少有生还的希望。所以石抹每次出府，城内都少不了要断送十几条人命。燕京人民对他恨之入骨，称他为"死魔"和"活阎罗"，他手下最凶恶的十八个爪牙号称"燕京十八骏"，他们都是长官府里蒙古官员的子弟。老百姓则称他们为"燕京十八怪"。

　　这石抹咸得卜为官不仁，闹得燕京城鸡犬不宁，百姓们怨声载道，连一些蒙古人也觉得他太不像话了。消息传到漠北，官员们议论纷纷。有的说："对待汉人，石抹的所作所为没什

么值得非议的。因为汉人是贱民，只配接受奴役。至于说死几个汉人，就更不值得大惊小怪了，那就像草原上死几头羊一样，怎么也避免不了啊。"也有的说，石抹做得太过分了，影响了大汗在中原的威信，应该重重惩治。还有的说，石抹本来就是下里巴人，不是当官的料。既无才又无德，根本不配担任一方大员。他现在既然把燕京弄糟了，就应该把他撤下来，另选贤能取代他。

当时，元太宗仍忙于东征西讨，而没有时间来多管国内各地的事。国家政务则交给皇子拖雷监管。拖雷皇子就是后来的元睿宗。他从小志向远大，向往中原的汉族文化。耶律楚材当过他的老师，向他传授佛教知识，并给他讲解治国之道。因此，皇子从小就了解不少中原的历史掌故，读了不少儒家的经典，懂得了以仁治天下才是人君之道，也才能使江山永固，社稷长存。因此，拖雷虽身为蒙古皇子，满脑子却装的是汉人的观念和知识。他对石抹咸得卜在燕京的暴政十分反感。在官员们议论此事时，他沉默不语，静静地倾听。但眼看这些官员各执己见，意见很难统一。于是，他问耶律楚材该怎么办？

耶律楚材回答说："殿下，我认为应该严惩石抹，撤换燕蓟长官。"

"请先生道出理由。"

"有一句俗话：'得民心者得天下，失民心者失天下'，这也是历史的经验。我朝开国以来，已拓展疆土万里，拥有臣民无数。如何治理百姓，是我们面临的重要问题。当今大汗之所以得到各地人民的拥戴，主要原因就是他老人家爱民如子，不妄杀无辜。大汗如此爱护子民，地方官员则更应将大汗的恩泽传播下去，怎么能像石抹那样草菅人命呢？再则，我们的国教——佛教的根本教义就是拯救生灵。提倡讲慈悲，做善事，行人道，普度众生到达极乐世界，而且规定杀戒为五戒之首，其余如贪、残、虐、淫诸般恶行，我佛也无不深恶痛绝。石抹的行为完全背弃了佛教的准则。而且，燕京百姓归顺我朝已有好多年，人人安分守己。这样的百姓，朝廷应该嘉奖，怎么能纵容贪官反加残害呢？请殿下立即派人到燕京安抚百姓，制止暴行，惩办不法官吏。"

拖雷皇子听了这番话，觉得正合自己的心意，就表态说："耶律先生说的有道理，石抹咸得卜辜负了大汗的重托，残害百姓，应该受到惩罚。不过，谁去燕京好呢？"

蒙古官员们都知道石抹是元太宗的宠臣，又是坐镇一方的大将，谁敢去拔这个老虎牙呢？所以，当皇子询问时，大家都默不作声。

一时间谁也不说话，这场面显得有些尴尬。耶律楚材再次出列，请求说："殿下，我愿到燕京去一趟。"

"您？……"拖雷皇子有些惊奇。

其他蒙古官员也都满腹狐疑地望着耶律楚材。他们不相信这个契丹人竟敢自告奋勇地去揽这笔难做的"买卖"。不相信以他一个小小的中书令，会撼得动石抹咸得卜这棵大树！有的人眼里露出了嘲讽的目光。

耶律楚材明白皇子和蒙古官员们心里在想什么，也清楚自己的官职低，就这样去燕京也无济于事。可是，朝中的蒙古官员又没有一个人愿去。而且耶律楚材也担心万一派个不公正的官员去，那样的话，难保不与石抹互相勾结。那岂不是前功尽

弃？出于上述考虑，他才这样毛遂自荐。

只见他爽朗地笑了笑，说："我知道各位在想些什么，我当然不会就这样去燕京。我对殿下还有两个请求，第一是明确下令四方各郡各州，均不得随便强征老百姓的钱粮，不得掠人为奴，更不得随便杀人，即使是死刑犯人，也必须将案子移交中央，等待批准后才能执行死刑。第二是派一位德高望重的王公与我一起去燕京，并由禁军中拨出一队人马，护送王公和我一起前往燕京，并使石抹不敢违抗殿下的命令，干扰调查和审判。"

拖雷终于同意了，立即起草了一道命令，要求各地不得借朝廷的名义来掠夺老百姓。违抗者将以欺君枉法罪处死。第二天又正式任命耶律楚材为钦差大臣，挑选了一名亲王那都不花与他一起赶赴燕京，查处不法官吏，并拨出禁军三百人，交给耶律楚材指挥，还把太宗出征前留下的一柄尚方宝剑赐给他，允许他可以先斩后奏。

不久，耶律楚材与那都亲王率领三百名禁军奉命出发。一路爬山涉水，走了一个多月，到达燕京郊外。途中的种种辛苦，自然不必细说。

燕京是耶律楚材成长的地方，这里的一切他都熟悉。这次重返故地，自然感到亲切。可是现在他却感到有些异样。在城郊，往日的繁忙景象不见了；道路上和田野里，也看不见有几个人。庄稼和蔬菜也长得稀稀拉拉，而且好多被踩得东倒西歪。不仅如此，那城郊的农夫老远看见他率领的人马全是蒙古军打扮，就慌忙扔下农具、担子，拼命逃跑，唯恐后面有人追上。这情景，完全就像十年前蒙古军队攻占燕京时一样。

耶律楚材觉得有些奇怪，就命令士兵捉住一个农夫，带到跟前。问他："他们为什么这样慌慌张张地逃跑?"

那农夫见自己被蒙古兵抓住，早吓得三魂出窍。也没听清楚耶律楚材的问话，只是连连哀求："老爷饶命! 老爷饶命! 小人上有父母，下有妻小，全靠小人卖菜养活啊!"说完又连连叩头。

耶律楚材连忙扶起他，用汉话说道："本官是钦差大臣，与亲王一起来到燕京，查处贪官污吏，要你的命干什么?"

农夫听说是钦差大臣，不会杀他，这才惊魂稍定。连忙说："谢钦差和王爷不杀之恩!"说着，就想开溜。

"别忙走啊!"耶律楚材唤住农夫，问他："我且问你，燕京的百姓们见了官军都像你们一样害怕吗?"

"这……小人不敢乱讲。"农夫吞吞吐吐，想说又不敢说。

"你不要害怕，尽管讲出来。"

"是、是，回禀钦差大人，的确是这样的。乡亲们一见到官军老爷，魂都吓得没啦。"

"那是因为什么?"

"自从石抹长官上任后，他手下的蒙古老爷就常常吓唬我们这些小民百姓。他们常常把勒勒车（一种用牛拉的蒙古木车）赶到百姓的家中，索要钱物和妇女。还强迫每家每户饲养牛羊，定期献给长官府。城里的百姓哪有房屋和草料呢，所以不少人都往城外逃。"

"这就是你们逃跑的原因吗?"耶律楚材听到这里，就已经愤怒起来，打断农夫的话，问了他这么一句。

"哪只这些呀! 更让人害怕的是石抹老爷喜欢打猎。"

"是不是他的部下随便践踏庄稼，毁坏农田？"耶律楚材指着被踩得东倒西歪的庄稼问。

"回禀钦差大人，也不止踩庄稼这种点小事。"农夫回答说。

"哦？还有什么，你快讲啊！"

"钦差大人您想，这燕京附近，都是城市房屋和农家田舍，哪里有飞禽走兽可打呢？可石抹长官就是要打猎。他的部下就把老百姓家里养的马、牛、羊、鸡、犬、豕统统赶出来，打不到野兽就打家畜。可是石抹长官又觉得这样不过瘾，太没意思。于是他的部下不知是谁想出个非常缺德的主意：派官军老爷们把郊外的百姓从家里赶出来，然后用骑兵四面包围和追逐，把包围圈内的百姓一阵刀劈箭射，杀完了才会罢休。前几天听说官军老爷又要出猎，郊区的百姓都怕成为猎物，所以纷纷躲避。刚才，小人见了钦差大人和王爷，还以为遇上了石抹长官的打猎队伍，所以没命地逃跑。小人说的句句都是实话。"

"原来是这样，这还了得！"耶律楚材听完农夫的叙述后，简直怒不可遏。一面吩咐放走农夫，一面询问那都亲王："王爷您看……"

那都王爷回答说："石抹咸得卜这样残暴。一旦调查确实，当然要重重惩处。"

正说话的时候。突然前方不远处传来哭喊声，一望，只见尘土飞扬，一群老百姓正朝这边拼命跑过来，一队骑兵在驱赶他们。哭喊声、笑骂声、马蹄声交织在一起，响成一片。被追赶的百姓眼看着就要跑到耶律楚材他们的跟前了。忽然抬头一看，见这边也是大队蒙古兵，吓得又往别处逃跑。那些年老体弱的实在跑不动，就只好跪在地上，一边发抖，一边连叫"饶命！"。

那些追赶老百姓的蒙古兵看见对面也来了一支队伍，打着旗子，显得威风凛凛，整整齐齐，很明显不是石抹长官的队伍。于是也停下不往前追赶了。他们赶紧报告这一情况给领头的。两支队伍隔着一箭之地，互相望着对方。

不一会儿，对面队伍里走出一个裹着蒙古头巾，身穿黄色绸衫的汉子，对着耶律楚材这边高声喝问："喂，你们是哪里来的人马？来燕京做什么？你们为什么不懂规矩，挡住我们爷们的去路，扫了石抹长官的猎兴，还不过来谢罪？"

耶律楚材见对方也是官军打扮，态度又横蛮无礼，心里就十分生气。正想发作，忽然又想到还没有见到石抹咸得卜本人，还不知道他是个什么样的人，于是就平静地说道："看来你们也是官军，怎么是这副模样？问我们是什么人，难道你们不会看旗帜？快把你们的主将请来，我有话问他。"

"你这鸟官，口气好大！连石抹大将也不知道。他老人家可是随便什么人都好见的吗？只怕你是见得了却走不了！"这个穿黄绸衫的汉子的态度依然很傲慢。显然，这家伙是个目不识丁、胸无点墨的粗鲁汉子，否则，谁见了钦差大臣的旗帜还敢这样狂妄呢？

正在这时，一辆由八匹高头骏马拉着的大车迎面而来，驶到对面官军的前面停下。马车镶金嵌玉，布置得十分讲究，连马身上都挂着鲜艳的彩带。马车刚停，就有十几人簇拥过去，他们从车上扶下一男一女来。那男人头戴官帽，身穿官袍，生得肥头大耳，脑满肠肥，眼睛细小得像一条缝，眼泡肿大，鼻

子低平，嘴巴肥大，下巴上挂着一缕山羊胡子。别看他长得不怎么样，却是一副不可一世的样子。那女的也是蒙古打扮，穿得华丽粗俗，走起路来是一摇三颤，显得矫揉造作。一看就知道是个迷人的妖精。

这男的正是燕蓟长官——大将军石抹咸得卜，女的是他的爱妾兀赤鲁氏。这天两人一起领着士兵围猎行乐，看见汉人像他的猎物一样四处逃跑的狼狈样子，他俩在车上笑得前仰后合。正在高兴时，忽然一个士兵跑来报告说，前面有一队官军挡住了道路，猎物们乘机逃跑了。他一听又惊又气，忙命令车夫驾着马车直奔过来。

他一下车，就大声喝问道："你们是哪儿来的鸟官军，敢来挡俺的道，扫俺的兴！"话才出口，却抬头望见对面飘着一面五彩旌旗，上面写着一串蒙文大字。他并不认得，就问左右："对面那旗上写的是些什么鸟字？"

有个识字的随从连忙跑过来，附在他的耳朵边低声说："写的是'钦差大臣'几个字。"

"哦？"石抹咸得卜大吃一惊。但是前面的话已经说出口，收不回去了。又转念一想，我石抹身为皇亲，又是坐镇一方的大将军。就是钦差大臣来了，又能把我怎么样？所以，虽然知道了是钦差大臣率军前来，他却依然若无其事地打量着对面的人。

只见那面旌旗之下，站着两个人。一个身高八尺，面如红枣，一部漂亮的长胡子垂在胸前，就像三国时的关公的模样，穿着蒙古的官服，好不威风！另一个身材稍矮，年龄显得老些，身穿亲王华服，也是一脸怒相，令人望而生畏。

耶律楚材见这石抹竟是这样的粗俗，早已不耐烦了。只听他猛然喝道："你就是燕蓟长官石抹咸得卜？我是钦差大臣耶律楚材，现在与那都亲王一起，奉拖雷殿下的命令前来查处你的罪行。你好大胆子，见了我们，还不过来跪下领受圣谕！"他声若洪钟，气势逼人。石抹咸得卜一下子被吓愣了，不知如何是好。

石抹正要来领受圣谕，旁边的爪牙们一齐劝道："长官不能轻信他的话，随便过去，恐怕会上当的。"有的爪牙便拉住石抹，不让他往这边走。

耶律楚材与那都亲王一见这种情形，都很生气。他俩低声商量了几句，就听耶律楚材一声断喝："羽林军，快拿下这几个恶贼！"

一队羽林军如狼似虎地冲了过去。石抹的爪牙们想要抵抗，却根本不是对手。石抹认得是禁军装束，知道不假，只好喝住爪牙。眼看着自己的亲信被抓去了十几个，自己也只好硬着头皮走到这边来跪下说："臣燕蓟长官、大将军石抹咸得卜恭接皇子圣谕。"

耶律楚材拿出拖雷皇子的圣谕，念道："我蒙古开国以来，经太祖太宗两位大汗率军屡次征战，才平定四方。各地方军政长官应想到征战将士的辛苦，守好疆土，安抚百姓，尽职尽责。但燕蓟长官石抹咸得卜却辜负大汗重托，玩忽职守，纵兵为匪，残民以逞其私欲。今特命钦差大臣耶律楚材偕同亲王那都不花前往燕京查处此事。并赐尚方宝剑一柄，准其有先斩后奏之权；所率羽林军悉受其指挥。石抹咸得卜和其他燕京官员均应听从钦差大臣的命令，立功赎罪。"

石抹这才知道，钦差是冲他而来，他再也不敢狂妄了。趴在地上连连磕头，直叫"钦差大臣饶命""亲王爷爷饶命"，不敢起来。那些士兵和家奴见主人也是这般模样，就害怕起来，一齐跪在地上，磕头如捣蒜，直叫"饶命!"。

"先进城再说吧。"那都亲王对耶律楚材说道，又唤石抹起来。石抹又磕了几个头以后，才爬起身来。他请钦差大臣和王爷坐他的马车，被拒绝以后，自己也不敢再坐它，只好也骑着一匹马跟在他们的后面。那些喽啰们也都垂头丧气地跟在后面，平时的威风早抛到九霄云外去了!

一行浩浩荡荡，从前门进了燕京城。这前门是燕京的南大门，是燕京最繁华的地方之一。可是耶律楚材发现，这里早已不是旧日情景。只见店铺冷落，行人稀少。偶尔见到几个人，也是远远地就躲开了他们。耶律楚材看见燕京被弄成这个样子，不禁叹了一口气，又狠狠地怒视着石抹咸得卜。

到了长官府，耶律楚材决定就以它为钦差大臣的行辕。命令石抹咸得卜将府内一切案卷、收支账目、往来文书等都调出来，供调查之用。所拘押的那十几名爪牙，一律收监；石抹和其他有犯案嫌疑的官员一律软禁，不许外出。接着，又贴出一道告示：

> 本钦差大臣与亲王大人此次来燕京，是为了查处燕蓟长官石抹咸得卜的不法行为。凡有冤屈或知道石抹及其手下人罪行者，应立即向钦差行辕举报；追随石抹干了坏事的官吏应立即投案自首，争取宽大处理。现规定以七天为限。七日内主动投案自首者，从

轻处理；逾期不来投案而被查出来的，一律从严惩处。王法无亲，不要以为这是在吓唬人。

告示贴出去以后，一连三天，人们争相观看，但告状的人却不多，自首的更是绝无仅有。看来，老百姓还不相信这告示，还不敢与燕京的恶势力对抗；而贪官污吏们也还没见过钦差大臣到底有什么厉害。所以都怀着观望的心情。

耶律楚材知道，如果不立即从严惩办几个恶徒，老百姓就不会相信告示所说的话，贪官污吏也不会慑服。而要惩办，现在就只有从拘押的犯罪分子开刀了。于是他立即提审这些犯人。

这十几个被抓获的歹徒，正是石抹手下最得力的爪牙"十八骏"。为首的是燕蓟副长官察拉罕的儿子阿速不贡，其他的也都是长官府里蒙古官员的子弟。他们平时作威作福惯了，现在突然被关押起来，哪里受得了这份罪！他们在狱中又是吼叫，又是打闹。那些狱卒见了他们，又没定罪，哪里敢有一点儿怠慢？倒像侍奉自己的祖宗一样，小心翼翼的。他们的家里人怕自己的子弟受苦，也不断送来美味佳肴。但这伙歹徒毕竟失去了自由，不能为非作歹了，觉得太不自在。所以，他们在狱中尽管也是锦衣玉食，却依然毫不安分。

这天，耶律楚材坐在公堂，亲自审问"十八骏"。公堂上，那都亲王坐在耶律楚材的身边，羽林军肃立两旁，气氛好不森严！

犯人被带上来后，仍然在狂呼乱叫。嚷着要出去。当他们看到公堂上站着全副武装的羽林军，才有所畏惧，不敢乱

叫了。

耶律楚材突然指着第一名犯人，大声喝问："阿速不贡，你知罪吗？"

"俺不知罪！"阿速不贡态度横蛮，昂着头回答。他自恃是察拉罕将军的公子，以为钦差大臣不敢把他怎么样。

"你是'十八骏'的头目，干了那么多破坏王法，草菅人命的事，还敢说无罪？前几天你带头围猎百姓，被本钦差撞上；又违抗皇子圣谕，藐视朝廷，这又怎么说？"

"杀了几个汉子算得了什么？还不是像杀死几头羊一样随便，这也值得大惊小怪，真是！"

"好啊，你这个恶棍，在这公堂上还这样猖狂。来呀，拖下去重打一百军棍！"耶律楚材怒不可遏，拍案而起。

"谁敢打俺？"阿速不贡还以为钦差大臣是吓唬他。但他看见几个羽林军直向自己奔来，才知道是动真格的。只是后悔已经来不及了，这顿打是难免的了。

这时，长官府的总管站出来说："报告钦差大人和王爷，这阿速不贡顶撞你们，不听教诲，的确该打。不过，请两位大人念他年少无知，又是察拉罕将军的公子。察拉罕将军追随大汗出生入死，战功卓著。所以请两位大人饶恕他这一次。"

耶律楚材冷笑一声说："连这种恶徒也可以轻易饶过的话，本钦差与亲王就白来这燕京了！王子犯法，与庶民同罪。怎么能因父亲有功劳就把儿子的罪过抵消了呢？你不必再多说了。羽林军快快重打恶徒！"

那几个羽林军上前，像老鹰擒小鸡一样，将阿速不贡揪翻在地，取出军棍，就是一番痛打。阿速最初还强忍着疼痛，咬紧牙关，不肯求饶。可这棍子打在身上，越来越痛，才打到三四十棍，他便实在支持不住了。只得大叫："钦差大人、王爷饶命，小人知罪了！"

耶律楚材摆了摆手，示意不要再打。羽林军松开手，让阿速不贡跪下。耶律楚材喝问道："你怕挨打就从实招供。我问你，你们围猎过几次百姓？"

"四次。"

"杀害了多少无辜平民？"

"这我不清楚。反正每次围猎，杀死的人少则十几，多则上百。"

"石抹咸得卜参加过几次？"

"每次他都去了，还有长官府的其他一些官员参加。"

耶律楚材命令左右将阿速带过一边，正要接着审问另外的恶徒，忽然听到辕门外喊声大作。守门的军士慌慌张张地跑进来报告："报告钦差大人和王爷，大事不好了！察拉罕将军从太原点兵五千，打进燕京，已将这钦差行辕团团围住。察拉罕声言，钦差大人必须马上出去答话，如果稍有迟延，就要攻打进来。"

行辕里顿时混乱起来，许多人被吓得不知所措。那都亲王也慌忙问耶律楚材："这怎么办？"

耶律楚材也被这突如其来的消息震惊了，但他很快恢复了常态，大声说道："大家不要惊慌，一切由本钦差负责。既然察拉罕是点名要我出去，那我就去会会他。"

左右都劝他："钦差大人不要贸然出去，恐怕会有危险。"

那都亲王也劝道："你先别出去，还是再想别的办法。"别

的什么办法呢，其实，那都亲王也想不出来。

耶律楚材微微一笑说："我是奉皇子圣谕来这里为民除害的。上有大汗和皇子的支持，下有百姓和众位官员的拥护，还有什么值得害怕的？"

说完，吩咐羽林军做好准备，以防不测，然后只带了三四名随从，大步流星地向辕门外走去。

出了辕门，只见四周全是蒙古兵，已经把这行辕围得水泄不通。辕门对面的一片空地上，站着一队穿得有些特别的军士，他们簇拥着一个蒙古将官。这将官五十多岁，瘦高个儿，脸色铁青，手里拿着一根鞭子，骑着一匹黄骠马。见耶律楚材出来，便用鞭子指着他说："你就是那长胡子老儿吗？"

耶律楚材面不改色地回答说："正是本钦差。你就是察拉罕将军吧？为什么率兵到这里，想干什么？"

"哼，好一个钦差！你到俺燕京，专门迫害俺蒙古将士。将士们，这长胡子老儿不是俺蒙古人，而是金人走狗；他骗取了朝廷的信任，专门找俺蒙古人的茬儿。再说，大汗正远征俄罗斯，怎么可能任命他为钦差大臣？分明是个冒牌货！来呀，把他给我拿下！"

他的手下人正要动手，却见从行辕里出来一队军士，都是禁军装束，个个虎背熊腰，好生威风，紧接着又出来个蒙古王爷。察拉罕的部下都吃了一惊，愣在一旁，不敢动手。察拉罕一见是那都王爷，当今大汗的亲弟弟，只好堆起笑容说："原来王爷也来了，末将跟随大汗多年，相信他老人家不会任命这长胡子契丹人为钦差大臣。所以，末将打算把这假钦差带回去，您看……"

"放肆！你不要命啦！耶律钦差是奉皇子圣谕，又领有尚方宝剑在手，与本王一起，专门来查处贪官污吏的，谁敢说有假！"那都亲王连忙呵斥住察拉罕。

"原来是这样。拖雷殿下年轻，不明情况，所以才受这家伙蒙蔽的。末将要奏明大汗，撤销皇子殿下的圣谕，请王爷率羽林军即刻北归，并请立即释放扣押的蒙古子弟。"

"这恐怕办不到，你问问耶律钦差吧。"那都亲王说。

耶律楚材不紧不慢地说："察拉罕将军，您的大名我不是不知道。但这次我和王爷既然是奉命而来，就必须完成使命，岂有中途折回的道理？皇子身负监国重任，他的圣谕就等于大汗的圣旨。你竟敢反对，这是什么罪，想必你是清楚的。此外，你又竟敢率军围攻钦差行辕，武力胁迫王爷和我，干扰朝廷交给我们的使命，还想索回被扣押的暴徒。这又是什么罪，你也不会不明白。至于我这钦差是真是假，你看看这个。"

耶律楚材说着，从怀里取出一柄蒙古短剑。这真是一柄宝剑！它长约一尺左右，剑柄上缠满乌金丝线，嵌着碧绿的宝石；剑刃寒光闪闪，显然锋利无比；剑身铸有一行蒙古文字，就是成吉思汗的姓名——"铁木真"。它是成吉思汗统一蒙古各部以后铸成的。成吉思汗死后，把它留给元太宗。从此成为镇国之宝和皇权的象征。太宗西征时，将国事交给拖雷皇子。他怕王公大臣们不听皇子的命令，就把这柄剑交给皇子。并通令天下文武百官说，无论何人，都应把皇子当成大汗本人一样，服从他的命令；并且，只要见了这柄短剑，就等于见了大汗，谁敢不听命令，可用此剑立即将其处死。

因此，察拉罕一见耶律楚材拿出这柄剑，就不敢再硬顶下

去。因为再胡闹，就是背叛大汗，犯上作乱。于是，他下令撤走军队。然后又讪讪地说："既然真是皇子派来的钦差大人，那么末将不敢再有打扰。刚才实在是得罪您了，请您宽恕！不过，扣押的子弟，还望王爷和钦差大人开恩。"

说完，察拉罕飞身上马，一甩长鞭，率军远去了。

耶律楚材回到公堂上，继续审问恶徒们。经过连续几天的审问和调查，基本上掌握了他们的罪行，都是些杀人害命、淫人妻女、劫人钱财之类的勾当。石抹咸得卜的每次围猎，都是由他们组织起来的。他们杀了多少人，连他们自己也说不清楚。按法律规定，这十八个人都是死罪。

耶律楚材与那都亲王商议，准备尽快让这臭名昭著的"十八骏"伏法受死。可是没想到在这个时候，那都亲王却不同意了。他劝耶律楚材和他一起先回漠北复命，让这十八个家伙听候朝廷发落。还说，如果杀了"十八骏"，恐怕会激怒本地将士，引起大的乱子；而且，这十八个人都是贵族子弟，从前很少受过什么约束，所以也应该宽大些，不能一杀了之。

耶律楚材见亲王在这个节骨眼上态度暧昧，心中很是不满，但又不便发作，也不知道他为什么要保这"十八骏"。于是问道："依您的意思，我们该怎样向皇子复命呢？岂不是白来燕京一趟吗？"

那都亲王说："我们已经把这里的情况大致查清楚了，完全可以把这些情况报告给皇子殿下，该怎么处理，由他决定好了。我们也可以少操这份儿心了！"

"王爷这话可就不对了，这里的查处才开个头。连石抹咸得卜的问题都没有搞清，怎么可以说查清楚了？再说，皇子不是已经把惩处恶棍的权力交给我们了吗？就这样回去，怎么能向皇子复命呢？"

"耶律钦差，话是这么说。可是要真杀了这些人，我们除了承担可能引起叛乱的风险外，还能得到什么呢？不如适可而止，既可对皇子交差，又可让他们感谢活命之恩，岂不是两全其美吗？"

这最后一句话，才道出了亲王的天机。原来，那都亲王正是暗地受了贿赂才改变了态度的，石抹咸得卜和察拉罕见用硬的手段吓不跑钦差大臣，就又想用软的一手。那天察拉罕率兵包围钦差行辕失败后，当晚就悄悄拜访了那都不花，送给他黄金一百两和不少珍珠宝器。请他为"十八骏"周旋，并劝钦差尽快回漠北。还威胁说，如杀了"十八骏"，逼得石抹长官没有退路的话，那么这里的将士们恐怕会武力反抗！那都亲王见了这些礼物，又听他说了上面的话，哪有不答应的？于是收下礼物，向察拉罕保证，救出他的儿子阿速不贡等十几人，尽快把耶律楚材劝回漠北。

耶律楚材明白了那都亲王是受了贿赂才改变态度的。就更加严肃地说："王爷，咱们来这儿之前，朝廷可是开会认真讨论过石抹的事啊！可不能徇私枉法呀！皇子殿下和漠北的大臣们在期待咱们，天下的百姓都在看着咱们。要是连一个燕京也清查不下去，那么，国家又怎么能治理得好呢？请王爷多为国家想想，不要再为'十八骏'求情了！"

话说到这个分儿上，亲王还能说什么呢？虽然句句刺耳，可也句句在理呀！亲王只好点点头，表示赞同耶律楚材的话。然后，红着脸低声说："这样吧，本王先回漠北把情况报告给

皇子，你就留在这儿继续查处案子吧。"

耶律楚材知道他想溜回漠北，便也不阻拦他，说："那好吧，请王爷先走一步，我查完案子就马上回来。"

当天夜里，那都把收到的贿赂全退回给察拉罕。第二天一早就带着几个随从离开燕京，往漠北去了。

等亲王走后，耶律楚材立即正式定"十八骏"为死罪。并张贴布告，决定三天后处斩他们。

三天后，处斩"十八骏"时，燕京百姓万人空巷，都来观看他们的下场。耶律楚材亲自监斩，三百名羽林军把守着刑场四周，以防不测。下午时候，一名官员宣布了"十八骏"的罪状和判决词。再看那十八个花花太岁，早已吓瘫了，个个面如死灰，昔日的狂妄，早已丢在爪哇国了。

一队刽子手拿着明晃晃的鬼头刀，走到这"十八骏"的身边。有几个知道是末日到了，就直喊"饶命！"只听一阵"嚓、嚓、嚓"的响声，就见一片刀光血影，十八颗头颅骨碌碌地全部滚在地上。"十八骏"终于一齐向阎王爷报到去了。

燕京百姓们看见作恶多端的"十八骏"都被杀了，无不拍手称快。他们这才相信钦差大臣是动真格的。于是纷纷举报贪官污吏，一些劣迹昭彰的不法官吏也不得不去自首，有的远逃外地，不敢继续蹂躏燕京人民了。耶律楚材一一查清，依法惩办。不久，石抹咸得卜被撤职，察拉罕也被调去随军远征了。燕京城终于恢复了昔日的繁华景象，许多百姓的沉冤终于得以昭雪。

勇斗权贵

"报告大汗，河朔地区告急，该地区久旱不雨，农民无以为生，纷纷逃亡。许多人到大狼山、大青山啸聚一起，落草为寇！请求朝廷决定处理办法！"

"报告大汗，西域各部族发生异动。花剌子模和大夏等地官员、百姓均指责朝廷重用回回奸商，使得民不聊生。要求朝廷处置奸商，拯救百姓。"

"报告大汗，中原告急：洛阳一带，饥民遍野，卖儿卖女盛行，已出现人吃人的现象。不久前，洛阳宣抚使速哈自杀身亡。"

……

告急的奏章像雪片般地飞来。元太宗刚完成征服西域的功业，正在沾沾自喜。忽然接到这么多的报告，就像被兜头泼了一盆冷水，这一惊真是非同小可。气得他浑身哆嗦，连叫："反了！反了！给我一律出兵剿平！"

"大汗且慢！依臣下看，不宜一概而论，更不宜一律剿平。"耶律楚材从容地劝道。这时，他已担任太师一职。

耶律楚材接着又说："百姓之间虽有种族、等级之分。但是，不论西域、河朔还是中原的百姓，都已经是大汗的子民啊，怎么能不分情由就乱加讨伐呢？"

元太宗听他说得有理，就问："依太师的意见，该怎么办呢？"

"报告大汗，我建议立即赈济各地的灾民，安定人心。同时派大臣立即分头调查西域、河朔和中原等地的动乱情况，查明真相后再决定处理办法。"

"各位大臣还有什么意见？"元太宗显然是同意了耶律楚材的建议。其他大臣见他说得有理，也大都表示赞同。

于是，太宗决定立即拨出粮食、衣物到各受灾地区，并派了几名钦差分赴西域、河朔与洛阳，了解民情。耶律楚材被派到洛阳去作钦差大臣。

耶律楚材知道洛阳一向以富甲天下而闻名，这几年又是风调雨顺，那为什么这里竟然还出现人相食的惨剧呢？耶律楚材想："既无天灾，必有人祸，才使洛阳人也遭到这样的惨祸。可是，连宣抚使这样的蒙古大员也会被逼得自杀，又是什么人祸呢？"一边想，一种急于查明真相的欲望使他加快了行程。

他到达洛阳后，立即换上便装，四处查访。映入他眼帘的是一派萧条破败的景象。大街上，看不到几个人；商店一律关门闭户；白马寺里香客稀少，龙门石窟更是冷冷清清。城郊的庄稼地和菜地大都荒芜着，就是种了庄稼、蔬菜的，也是杂草丛生，显然缺少田间管理。至于那驰名天下的牡丹，似乎也遭到了一场浩劫，人们看不到她竞相开放的场面，闻不到那种令人心荡神驰的芳香。一连几天，他不仅没有见到"姚黄""魏紫""二乔""夜光白""状元红"等名贵牡丹，就是一般的牡丹也都绝了迹。

他来到洛阳的市场。过去，这里的买卖何等兴隆！本地的名花，北方的名马，南方的丝绸、瓷器，西域的玉器、药材……都源源不断地运来到这里，又从这里源源不断地涌到别的地方。这些，耶律楚材早就知道。可是现在，看不到上述名贵物品和各地特产。有的却是衣着褴褛的人们在把自己儿女或妻子当成物品来叫卖：

"十三岁的娃娃只卖五两银子噢！哪位老爷、大人领去吧！"

"我这姑娘十六岁，家务、女工样样能干，性情温顺。哪位大爷赏给十两银子就能领去。"

……

再看那些被卖的妇女儿童，一个个都是满脸菜色，瘦骨嶙峋，眼睛里缺少应有的光泽。让人一见，顿起怜悯之心。

耶律楚材走到一个老汉身边。老汉正在卖一个姑娘，他见耶律楚材走来，以为是要买这姑娘的，连忙说："老爷，赏小人十两银子，把她领去吧！"

耶律楚材从怀里摸出一锭银子交给老汉，说道："银子你拿去用，姑娘我不要。你告诉我，为什么要出卖儿女呢？"

"唉！老爷你不知道，我们这些卖儿卖女的都是给阎王债逼的呀！"

"哦？什么阎王债，你们原来都是干什么的？"耶律楚材略有一些吃惊。

"还不是那回回商人放的高利贷呗！我们这里的人，都是靠种植牡丹为生的花农。早些年光景，靠着这花儿，我们的日子还真不赖。可是回回商人一来，一切都变了。为首的一个回回商人叫奥都剌合蛮，他串通官府，出了一道告示。说什么牡丹花是汉人的国色天香，不符合大蒙古的尚武精神，命令一律禁止栽种，而必须改种西域传来的药材。这一下简直断了我们

这些花农的生路！我们没有药种，只好向官府买，价钱贵得惊人，而种的药材至少三年以后才能挖采。这期间由官府出面，向回回商人借钱给我们这些花农，以维持生计。谁知道，我们就背上了一辈子也还不清的阎王债！"

"利息很高吗?"

"那还用说，就是那'羊羔儿息'呵!"

原来，这"羊羔儿息"正是回回商人所放高利贷的一种代称。借出银子十两，半年后本息相加就得还二十两，一年后就得还四十两。就这样像裹雪球似的利滚利地累积下去，不上十年，借债人就要偿还本金的上千倍！这情形就像母羊生羔羊，羔羊长大，又生更多倍的羔羊，所以被称为"羊羔儿息"。所以，谁要是借了这种惊人的高利贷，就很难还清了。这些，耶律楚材在西域时也曾听说过，可是却没想到，这样一种高利贷盘剥，竟然会流行到中原。

于是他问道："既然知道利息那么高，为什么当初你们还要借呢?"

"当初我们并不知道啊！官府的告示只是说，借了银子，三年以后收药时连药种的钱一起偿还，并说，一旦收获，药材卖给回回商人，除去本钱，每户都要收入若干若干。我们不敢不听官府的话，就都借了银子。去年收获药材，拿去卖给回回商人，却惨遭杀价，我们辛辛苦苦种了三年药材，可是卖到的银子却少得可怜，连还债也还差得多。许多人只好逃亡他乡，可是一旦被抓回来，也是死路一条。为了还债，我们这些花农，无不倾家荡产，可是还是不够，这才忍痛卖儿卖女，或者典当妻子。"

耶律楚材听完老汉的话，从怀里拿出几锭银子给他。说："这些银子够还债了吧？快拿去还了。给姑娘寻个好人家，好好嫁出去。"

老汉连连磕头叫谢："恩人老爷，我一辈子也忘不了你的大恩大德呀！"

耶律楚材私下查访了几天，这才到宣抚使衙门来。副宣抚使以及其他官员，听说钦差大臣到了洛阳，慌忙前来参谒。经过询问，终于解开了宣抚使自杀之谜。原来，他也是被回回商人奥都剌合蛮逼死的。

这速哈原来是个蒙古武士，因为作战有功，被任命为洛阳宣抚使。他是个生性耿直的粗鲁汉子，对于如何治理洛阳，自己什么办法也没有。按当时的规定，地方官员除了领受大汗的赏赐和封户外，就没有别的收入了。就连地方上要修建什么工程，也是一律自筹资金。速哈接任洛阳宣抚使的时候，正是中原地区刚刚饱受战火杀戮之苦，尚未恢复的时候。洛阳在经过战争劫难以后，也已经面目全非了。人口剧减，财富被战争摧毁殆尽。正在这个时候，奥都率领这群回回阔佬来到洛阳。速哈和下面的官员正愁没钱给自己修建府邸，就纷纷向奥都借钱，只想以后搜刮了百姓的钱再还给他们。

既然借了这些回回人的钱，又见回回人领有圣旨，说是为大汗筹款，速哈就只能由着他们。按奥都的意思下令禁种牡丹花，改种药材，又以洛阳官府的名义代花农借钱，并下令只准种药，不许种粮食。蒙古官员们被回回人吹得天花乱坠，以为经营药材有大利可图，于是也纷纷向奥都借钱。这样，洛阳宣抚使衙门就欠了回回人一百多万两银子的债。这些蒙古人生性

粗鲁，不懂算术，更不晓得"羊羔儿息"的利害。就这样糊涂地把绞索套在自己的脖子上。

没想到，这西域的药材并不适合在中原栽种，花农们又没有种药的经验。所以几年下来，药材所收不多，又被回回商人以种种理由任意杀价。结果不仅一文钱没有赚到，反而把自己多年的本钱也赔进去了。这还不算，那回回商人又常常到官府逼债，要他派人搜刮花农。他当然只好派官府的差人向花农四处讨债，又不断增加种种捐税。然而还是无济于事，收到的钱仍不够还这"羊羔儿息"。而老百姓却已经被逼上绝路了，逃的逃了，逃不掉的也再不能刮出一点儿油水来了。眼看这债难以还清，速哈想杀这些回回商人又不敢下手，堂堂一个地方军政长官竟然被逼得走投无路！速哈作为一名蒙古武士，一条血性汉子，认为这是天大的耻辱。又羞又急之中，一时想不开就用自己的剑抹了喉咙。一些跟随他左右的蒙古官员也跟着他上了黄泉路。

这奥都剌合蛮究竟是何许人也？竟然能逼死蒙古官员！简直令人难以相信。话还得从头说起。

自从蒙古军队攻灭了大夏，又平定了花剌子模等国以后，东西方的商路被打通了。大批阿拉伯商人、中亚商人和西域商人纷纷向东方涌来。他们带着名贵的宝石、马匹和药材前来，从蒙古高原贩走毛皮、奶酪，又从中原贩走瓷器、丝绸、茶叶等，牟取了巨额的利润。当时，蒙古朝廷把他们笼统地称为"回回人"。这些回回人一个个奸巧精明，天生就是经商的料，又会见风使舵，投机钻营。所以没几年工夫，就成了大蒙古国中的富豪。

这奥都剌合蛮正是回回人中的头儿。他原来是花剌子模国人，世代经商，自己又靠放高利贷成了巨富。他去过阿拉伯半岛，还游历过欧洲大陆，见多识广。当成吉思汗先后统一了蒙古高原、灭了大金，又挥师西进的时候，他审时度势，就知道一个新的统治民族已经崛起，自己的祖国已经难以逃脱覆灭的命运。他是商人，商人的本性是赚钱牟利，没有多少道德上的约束。为了赚更多的钱，为了自己的前途，他决定背叛祖国。所以，当蒙古军队进攻花剌子模的时候，他就暗地里与蒙军联络，给蒙军送了不少银两作为犒赏，并组织城内的回回商人与蒙军里应外合，在一个漆黑的夜晚悄悄杀死哨兵，打开城门，使花剌子模轻而易举地被蒙古人攻陷。

有了这样的功劳，奥都剌合蛮得到蒙古朝廷的信任自然不在话下。元太宗下令取消对商业活动的一切禁令，以便他和别的回回商人能够顺当无阻地赚钱牟利。而这奥都也不光是自己赚钱，而是把赚到的钱用于结交蒙古皇室、显贵以及各级官员。不到几年，上自元太宗及皇后，下到王公贵族，将军太守，无一不和他交好。不久蒙古军队攻占了中原，奥都凭借朝廷对他的信任，又想出了一个既让蒙古人高兴，又使自己大赚一笔的主意：这就是"包税制"。他请求太宗同意将全国的收税大权都给他，他保证每年给朝廷上交二百五十万两银子的税款。这个税款数额是原来全国税收总额的两倍半，元太宗当然高兴，就不顾耶律楚材等官员的反对，同意了奥都的请求。从此，奥都成了蒙古人的财神爷，全国的财政、税收大权都被他把持在手中。于是，奥都有恃无恐，赚钱的胃口越来越大，手段越来越毒。

此后，他财大气粗，对一般的蒙古官员，他再也不去巴结了。相反，还借自己的钱财和地位来控制、排挤地方官员，甚至把高利贷的绞索无情地套向他们。就这样，广大的老百姓深受回回商人的祸害之苦是自不待言，就连一般的蒙古中下级官员，也对奥都剌合蛮只敢怒而不敢言。因此，速哈被他逼死，也就不足为奇了。

耶律楚材了解真情以后，决心除掉这个回回奸商，在全国禁绝高利贷。可是，这奥都剌合蛮权势熏天，怎样才能扳倒他呢？耶律楚材苦苦思索着，一面搜索罪证。等到需要的证据都找到了以后，耶律楚材又赶回漠北朝廷。

这时，元太宗因为常年征战，过度劳累，已经重病在身了，耶律楚材报告了奥都在中原一带横行霸道的情况，更使这位快要入土的大汗感到左右为难，只好宣布第二天上朝与大臣们一起商议此事。

到了第二天上朝，太宗宣布说："不久前各地发生饥荒和动乱，朝廷曾派出几位大臣前去赈济和调查，现在都已还朝。所以，今天就把调查所得的情况如实汇报上来，然后让大家讨论对策。哪位大臣先讲？"

耶律楚材站出官居列，跪下行礼后，启奏说："臣耶律楚材请求先讲。"

"好，你是先朝重臣，这次去中原调查，事关重大。你就先说吧。"元太宗表示同意他的请求。

"这次臣到洛阳及其周围，看到中原已经残破不堪，老百姓完全是在死亡线上挣扎，连官员们也都不安心在这里任职。"

"有这么严重吗？"镇海丞相表示不相信。

"洛阳及其所属府县，原有人口近一百万户。然而我这次去了解，现在已不足二十万户。饿死的人每天数以千计，洛阳街头随处都有尸体，好多家庭已全部死绝。能逃的也大都逃了，逃不掉的现在仍然是在坐以待毙！所以，请求大汗立即救济中原百姓！"

"洛阳残破，百姓困顿，不仅有天灾，也有人祸。我说的'人祸'，并不是指官府，而且大家都知道速哈宣抚使也自杀了，这'人祸'连宣抚使都躲避不了——它就是以奥都剌合蛮为首的回回商人的高利贷盘剥。他们的高利贷利滚利到了惊人的程度，号称'羊羔儿息'！"

提起奥都和他的"羊羔儿息"高利贷，太宗和大臣们也早已知道一些。不过他们不了解这高利贷究竟是如何利滚利的，更不懂它的危害。元太宗听了耶律楚材的话，只是冷淡地说"一个高利贷就这么严重吗？再说高利贷也不是现在才有啊？"

镇海等官员马上附和说："是啊，大汗说得对。高利贷早就有了，为什么原来没听说出过什么事？再说，不论利息多高，总是借的人自愿啊！一个愿打，一个愿挨，有什么可多说的呢？你不借他的钱，不就可以不受这'羊羔儿息'的盘剥吗？"

"大汗和丞相说的都有道理。可是，奥都在洛阳放的债都不是老百姓自愿借的呀！他先是诱使速哈等官员向他借了不少钱，又凭借大汗对他的信任迫使洛阳官府下令禁种牡丹和粮食，一律改种名贵药材。老百姓无钱从头种药，就由官府向回回人代借，规定三年后收药还钱。结果几年以来，粮食颗粒无收，药材也所收无几。奥都却催着官府要债，洛阳的捐税一下

子比别的地方多出几十种，可还是杯水车薪。老百姓已陷入水深火热之中，速哈宣抚使觉得无颜再见大汗，又身负重债，所以自杀身亡。这完全是奥都剌合蛮所逼的呀！"

"噢，原来是这么回事。那么依你的意见，该采取什么对策呢？"元太宗这才相信他的话，并且对洛阳的情况真正重视起来。

"臣有三项建议：一是立即调拨国库中的余粮到洛阳一带，救济百姓；二是立即通令全国，禁止高利贷剥削，以前所欠高利贷一笔勾销，只还本钱；三是立即将奥都剌合蛮等不法回回奸商交付司法机关严惩。"耶律楚材不慌不忙地回答说。

元太宗听了他的建议，有些不乐意地说："你这三条要都实行，恐怕很难办得到。经商放债都是商人的本分，哪能禁止呢？再说，奥都剌合蛮是有大功于我蒙古的人，就算有些过失，也谈不上要严惩嘛！"

"是啊！没有奥都，攻打花剌子模不知会死伤多少将士！"丞相镇海马上跟着太宗说。

"没有奥都，国家的税收要减少一半。"回鹘人（维吾尔族人）阿散迷失也跟着说。他是太宗的亲信大臣。

耶律楚材据理力争："请大汗再听老臣讲，经商放债以求利润，的确是商人的本分，但是凡事都得有个标准才行呵。这高利贷正是不要标准的奸商行径，一来它刺激了放债商人的贪欲，二来它套住了负债人的手脚，是社会风气败坏的一大祸根呵！大汗您千万不要小看了它。历史上，许多王朝的灭亡都跟高利贷盛行有关系，如中国的西晋、西方的大秦。再说，奥都是有功之人，但大汗您给他的封赏不也就酬劳了他吗？何况他现在把好好一个中原闹得乌烟瘴气。不仅老百姓不满，就连地方官员也怨声载道。他们说：'我们身经百战，出生入死，到头来还不如一个回回商人！'这样下去，大汗您知道会有多危险吗？所以，老臣依然坚持请求：废除高利贷，严惩奥都剌合蛮！"

元太宗被他说得烦躁不安，于是说："中原的事暂时讨论到这里，等西域、河朔的情况查明后一并决定处理办法。"

于是，奉命出使西域的监察大臣动哥居和出使河朔地区的兵部长官居弘吉分别报告了两地的情况。说西域各部族都受奥都等回回人的高利贷盘剥，把妻儿卖做奴隶仍然还不清；地方官员和封王也不断抱怨奥都滥派税款，造成百姓的灾难。招讨使要求朝廷准备发兵应付叛乱，形势已岌岌可危。而河朔地区的盗贼，声势越来越大，地方官府已经难以控制局势。这些盗贼大都是当地的农民，有的人因土地被当地的回回人强占，有的人则因为天旱无雨，付不清地租，才落草为寇。农民们对回回人恨之入骨……

听完他们的报告，元太宗这才了解到回回商人带来的祸害有多么严重。他不想把成吉思汗和他自己打下的江山轻而易举地断送掉，所以下决心要革除一些弊政，然而他又不是一个英明的君主，奥都剌合蛮是他的财神，他不愿惩罚奥都。所以一时间显得犹豫不决，只是问群臣："大家看该怎么办？"

"请大汗下诏处死奥都以平息民怨！"耶律楚材、动哥居和居弘吉一齐要求。

其他大臣这时都默不作声，只是望着元太宗，等待他的旨意。

元太宗终于想出一个折中的办法，他传下一道诏书：

近来因为"羊羔儿息"盛行，引起各地不稳，民怨沸腾。本大汗特作如下规定：

一、在全国禁止高利贷，放债利息至多不得超过一倍。原有蒙古官民借贷者，不论借期长短，一律只还原借之数。其他各族官民借贷者，债主至多只能借一收二。有多收利钱的债主，限期退还给借贷者。

二、各地农民的土地，准其自由耕地，种花种粮或者种药，悉听其便，官府不许干涉。

三、奥都剌合蛮滥放高利贷，干涉地方政务，本应严惩。念他有功于国家，从轻发落：收回包税行使权；没收其高利贷经营所得款项。

就这样，元太宗既缓和了一些痛恨高利贷的蒙古人的情绪，又保住了全国最大的高利贷剥削者奥都剌合蛮。诏书都下了，大臣们还能说些什么呢？耶律楚材对这样的处理感到十分失望。他知道，一旦中原和西域的事态平息，奥都会很快重整旗鼓，再次祸害国家和百姓。他在心里叹息："大汗呀大汗，你为什么这样袒护奥都剌合蛮？难道你不明白我耶律楚材完全是为你着想吗？"

可是，叹息总归叹息，它丝毫不能改变元太宗的决定。耶律楚材只好退一步想：总算使大汗宣布了废除高利贷，为老百姓办了一件好事。

奥都剌合蛮虽然没受到什么重大的打击，但他的行为也不得不大为收敛些了，"羊羔儿息"是不能再放了。他从内心深恨耶律楚材，他咬牙切齿地发誓："真主在上，我奥都剌合蛮如果不把你这长胡子置于死地，誓不为人！"可是表面上，他对耶律楚材却显得十分恭敬，好像并不计较耶律楚材对他的这次打击。耶律楚材也常常以儒家的仁义道德来教诲他，希望他从此以后真能够弃恶从善。

一年以后，元太宗去世了，由皇后乃马真氏总揽朝政。这下子，奥都剌合蛮报仇的机会到了。

原来，这皇后乃马真并不是蒙古人，而是回鹘人，名字叫脱列哥那。父亲是商人，与奥都剌合蛮很熟悉。她是靠奥都介绍，才进了后宫的。凭着她的姿色和聪明乖巧，她很快得到元太宗的宠爱。加上她不仅能歌善舞，还能骑马射箭，就更能够讨得元太宗的欢心。渐渐地，元太宗越来越离不开她了，国家大事也与她商量着办，她也就越来越多地干预起朝政来。后来，太宗原配皇后病逝，她就唆使依附于她的朝臣，请求太宗立她为皇后，元太宗当然乐意。可是当时遭到耶律楚材、拜住副丞相等官员的坚决反对。耶律楚材直截了当地说她不够稳重，又不是蒙古族人，不适合当皇后。元太宗一意孤行，不顾朝臣们的反对，仍然立乃马真为皇后。因此，乃马真对于耶律楚材，也是恨得牙痒痒的。

乃马真刚上台，做的第一件事就是重新起用奥都剌合蛮。任命他为总管国家财政的户部侍郎和能够随时进宫的侍议大臣，并准许他恢复高利贷剥削。奥都刚被皇后起用虽然喜出望外，但是他知道自己的根基还不牢固，还不敢得意忘形。于是又施出惯用伎俩，对朝中文武百官都以重金贿赂收买。他知道

耶律楚材最爱直言顶撞，就私下拿出十万两银子送去，却被耶律楚材严厉拒绝，说他的银子来路不正，都是民脂民膏，用起来会让人感到心惊肉跳。还把送银子的事当着皇后和朝臣的面加以揭露，在大庭广众之下羞辱他。这使他对耶律楚材更加切齿痛恨。

皇后乃马真与奥都剌合蛮一拍即合。奥都不断地把白花花的银子送进后宫，他的身价也就不断地提高。而他又用各种方法来讨得皇后的欢心。所以，乃马真掌权还不到一年，就被这奥都剌合蛮弄得神魂颠倒，对他是言听计从，百依百顺。满朝文武见奥都已经权势熏天，连皇后都在他的掌握之中，就都卑躬屈膝地巴结他、奉承他。奥都自己则更是得意洋洋，踌躇满志，甚至连镇海丞相也不放在眼里。

可是耶律楚材却坚决不买奥都的账。依然在朝上朝下与他作对，坚决反对他骚扰民间，欺压百姓的行径。奥都当然生气，他向皇后建议，把这个讨嫌多嘴的长胡子杀掉。皇后也很讨厌耶律楚材，也想除掉这长胡子契丹人，可是，耶律楚材是德高望重的先帝旧臣，而且，还被成吉思汗敕封了"不死之臣"的称号。那就是说，耶律楚材无论犯了什么罪过，都得免去死罪！再说，要整人也总得找个借口啊。于是，由奥都剌合蛮操纵的一场陷害阴谋开始酝酿。

不久，维吾尔族人阿散告发耶律楚材贪污公款，说他利用职权把朝廷拨到燕京的五万银子全部挪作私用，装到自己的腰包里去了。接着，一些回回人也纷纷告发耶律楚材，说他肆意欺压商民，反对为朝廷征收捐税……一时间，风云突变。

耶律楚材胸襟坦荡，根本不把这些诬告放在心上，他依然按时上朝，处理政务；对于皇后和奥都他们坑害百姓的事，他依然坚决反对。

一天，皇后乃马真问他："你犯了罪过，你自己明白吗？"

"臣没有犯什么罪过。"耶律楚材从容不迫地回答。

"那么，太宗皇帝拨到燕京的那五万两银子用到哪里去了？"乃马真紧接着又问，眼睛瞪着他。

"哦，您问那五万两银子的事，那是先帝命令用来维修燕京宫殿的银子。当时，太宗巡视燕京以后，认为这里是帝王之都，有意重修宫殿，迁都于此，就拨出五万两银子交给臣，命令臣负责修宫殿的事。臣当时考虑到西域、中原都还没有平定，不宜马上迁都，就劝先帝收回成命。得到先帝同意后，那五万两银子也一并交给朝廷。这件事有案可查，当年先帝身边大臣尽可作证。"

"那么，有人告你欺压商民，破坏朝廷税收，你又怎么说呢？"

"皇后明察，现在您重用奥都，所有回回商人都鸡犬升天了。是他们欺压百姓，弄得民不聊生。他们哪里是一般的'商民'呢？又有谁能够欺压他们呢？老臣我只不过是不同意您让奥都为所欲为，随意征税派捐。怎么能说是破坏税收呢？在朝廷上议论政事，是臣下的本分啊！成吉思汗和太宗两位大汗在世的时候，也还没有说过不让我提意见哩！"耶律楚材面不改色，不慌不忙地回答。

"好哇！你总是拿先帝来压人。你既然自以为是先帝的忠臣，那就到先帝那里去侍候吧！"皇后言下之意，竟是要耶律楚材一条老命。

"哈！哈！哈！皇后想杀死老臣？老臣当然不敢抗命。不过您总还记得成吉思汗的敕封吧！您杀了我，就是公然违背祖训！我侍奉两位先帝三十多年，从未干过对不起大蒙古国的事。虽不敢说有什么功劳，但又怎么会怕您无罪杀死我呢?"耶律楚材依然昂首站立，他大声地据理力争，面对死亡的威胁，却一点儿也不肯低头。

有几个大臣听得动容，就站出来为耶律楚材求情。说他是两位先帝的得力帮手，几十年来的确功劳不小，又有成吉思汗"不死之臣"的敕封。所以请求皇后宽大为怀，免去他的死罪。

乃马真皇后本想找个茬儿除掉耶律楚材，但是碍于成吉思汗的敕封，她不敢杀他。而且当她看见耶律楚材须发皆白的模样，也不忍心杀他。因为，他毕竟是为蒙古的强盛献出了毕生心血的有功之臣；毕竟是一条顶天立地的汉子呵！

可是不杀他又不解心头之恨。于是，乃马真皇后宣布：耶律楚材因精力不济，不宜再在朝廷担任重要职务。所以，调任他为掌管朝廷文稿的"令史"（秘书）。原有的中书令等职务一概免去。

耶律楚材当然知道这是皇后和奥都剌合蛮互相勾结，陷害自己的结果。可是，皇后的命令已经下达，他只有服从命令。

奥都剌合蛮暗中高兴！乃马真皇后剥夺了耶律楚材议政的大权，为自己盘剥天下百姓扫除了一大障碍。他的暴政措施层出不穷，弄得全国天怒人怨，水旱灾害频频发生，各地百姓不断起义。可他却因此更加受到皇后的宠信，乃马真甚至命令把盖了御宝印的空白诏书纸交给奥都，让他随意填写。这奥都简直成了事实上的皇帝了！

耶律楚材对此又急又恨。他不顾自己已被撤职，依然坚决反对奥都。乃马真后见他仍然敢与自己作对，就威胁他说："凡是奥都奏准的事，秘书官必须填写；凡是奥都索要的空白诏书纸，秘书官都必须把诏书纸交给他，谁敢违抗命令，就砍掉谁的手！"

耶律楚材哪里会怕这种威胁？他说："老臣办事，从来都是依法而行。过去为两位大汗处理军国大事时是这样，现在，奉皇后的命令管理文书诏令时，当然也是这样。如果事情合法合理，我自然把诏书拱手交给他；如果是无理无法的事，我当然要反对。我活了近五十岁了，就是死也无所谓了，还怕把手砍去吗？要砍，您就下命令吧！"

乃马真对于他这样的大臣也真没法对付，只好说："看在先帝的面上，不砍你的手。可是你也别想再管诏令、文书了！"乃马真皇后就这一句话，就最后断送了耶律楚材的政治前途。

从此，耶律楚材完全被排挤出蒙古的统治集团之外，完全被乃马真冷落在一边。政治上的失意使他愤懑。他空负一身学问，满腹经纶，原以为可以使蒙古更快强盛，没想到，到头来却是这种结局！他感到孤独、忧郁，高大魁梧的身体很快被拖垮，他迅速地衰老下去。

然而，他依然没有忘记奥都刺合蛮这个大害。怎样才能为天下百姓除去此害呢？他知道，现在仅仅靠自己是无能为力的了，而用正当的手段也是不可能有任何作用的了。只能用不寻常的手段了，这是唯一的希望了！

于是，耶律楚材想到了暗杀的方法。他给几个曾经在自己身边做事的蒙古勇士写信，诉说了奥都的种种坑害国家、欺压

人民的罪行，说明"庆父不死，鲁难未已"的道理。只有除掉奥都，大蒙古才有救，亿万百姓才有救 。

奥都和皇后的暴政早为人们所痛恨。那几个蒙古勇士一向都很钦佩耶律楚材，也都痛恨奥都。收到他的信后，个个表示欣然从命。他们结伴而行，尾随奥都，寻找机会来除掉他。

终于，在一个夜晚，正在搂着女人寻欢作乐的奥都剌合蛮被一把尖刀从背后刺穿了胸膛。他"啊！"地一声狂叫，一命呜呼！这个贪得无厌的奸商终于得到了应有的下场，而那刺客却顺利地逃跑了。

消息传到后宫，乃马真皇后悲痛欲绝。她怀疑是耶律楚材指使人干的，就一面下令缉捕凶手，一面派人监视耶律楚材。

奥都被刺死了，耶律楚材当然高兴。回回奸商终于受到应有的惩罚，自己的心愿总算是了结了。他知道乃马真在怀疑他，但他没留下什么把柄，心里倒也不怕，只是为自己感到悲哀：一个读了一辈子儒家经典的书生，竟然要用暗杀的手段来实现为民除害的目的！这怎么对得起先圣先贤呢？

他的内心陷入一种更加矛盾、更加痛苦的境地。这种心境加速了自己的衰老，他的生命之火越来越微弱了。

公元1244年，耶律楚材在孤独、悒郁、凄凉的境况中病逝，享年五十四岁。

噩耗传来，满朝文武为之惋惜，他们无不叹息这位国家栋梁之才死得太早。各地的百姓得知耶律楚材病逝的消息后，更是悲痛欲绝。他们都像失去了自己的亲人一样，纷纷戴上重孝，为耶律楚材修庙宇、建祠堂、供牌位……不管是汉人、契丹人、女真人还是蒙古人，都为失去这样一位父母官而悲伤。

乃马真皇后却不顾老百姓对耶律楚材的爱戴，她一心一意要为奥都报仇。于是借口有人告发耶律楚材贪污了全国一半的财产，派自己的近臣麻里扎率领禁军到他家去搜查。乃马真皇后满以为可以搜查出奥都被刺案的一些线索，如果没有，至少也可以搜出许多金银钱财，珠宝玉器，到时候就可以给耶律楚材定个罪名了。可是，麻里扎率军前往耶律楚材家中一搜，却连金银珠宝的影子也没发现，甚至连像样的衣服、家具也没几样。除此之外，只有蒙古人不屑一顾的书籍、金石书画和几把胡琴。至于奥都被刺案的证据、线索，更是一无所获。乃马真皇后只好就此作罢。

后来，元宪宗即位，立即下令恢复耶律楚材生前的职位，并追封他为"广宁王"，还让耶律楚材的儿子耶律铸担任宰相。